AtV

ANDREA SCHACHT, Jahrgang 1956, lebt als freie Schriftstellerin in der Nähe von Bad Godesberg. Sie hat etliche Bücher veröffentlicht, in denen Katzen eine Hauptrolle spielen.
Zuletzt erschien von ihr im Verlag Rütten & Loening: »Die himmlische Weihnachtskatze«.

Was kaum jemand weiß, wird in diesem Band in neun Geschichten verraten: Auch Katzen feiern Weihnachten – allerdings auf ihre ganz eigene Art. Sie verstehen es etwa, sich zu verwandeln, um dem Weihnachtsmann auf die Sprünge zu helfen, oder sie vermögen es, einem Maler die Augen für das Wunderbare zu öffnen. Auch verzweifelten Engeln und Menschen mit Liebeskummer stehen sie an Heiligabend mit Rat und Tat zur Seite.

Ein Weihnachtsbuch nicht nur für Katzenliebhaber!

Andrea Schacht

# Die Katze, die im Christbaum saß

Weihnachtsgeschichten

Aufbau Taschenbuch Verlag

ISBN 3-7466-2112-7

3. Auflage 2005

Umschlaggestaltung Mediabureau Di Stefano, Berlin
unter Verwendung einer Vorlage
von Dorothea Desmarowitz
Druck und Binden GGP Media GmbH, Pößneck
Printed in Germany

www.aufbau-taschenbuch.de

Inhalt

# Die Katze, die im Christbaum saß

Sie hatte eigentlich keinen Namen, außer dem geheimen, den jede Katze nur selbst kennt. Für die Menschen, die ihr hin und wieder über den Weg liefen, war sie allenfalls »Miez-Miez«. Darum wollen wir sie Mieze nennen.

Mieze hatte ihr Revier in einer Tannenschonung in der Nähe eines Bauernhofs, von dem ihre Mutter stammte. Sie lebte nicht schlecht dort. Selbst im Winter fand sie auf dem mit Nadeln bedeckten Boden noch genügend Mauselöcher, die Äste der Bäume hielten den Schnee ab, und das dicke Unterfell, das sie sich zugelegt hatte, wärmte sie sogar in den kältesten Nächten. Nur die ungewöhnliche Menge Menschen, die in den letzten Tagen durch die Schonung streifte, störte sie empfindlich. Am meisten aber empörte sie sich, als ihre Lieblingstanne unter einigen heftigen Axtschlägen gefällt und – die gegabelte Spitze nach unten – zu einem Auto gezerrt wurde. Sie schlich hinterher, versuchte die Äste zu erhaschen und sprang schließlich, als sich der Wagen langsam in Bewegung setzte, zu ihrem Baum in den offenen Kofferraum.

Es war keine gute Entscheidung. Die Fahrt behagte ihr überhaupt nicht, und sie kreischte, was das Zeug hielt.

Es hörte jedoch niemand darauf.

Endlich hielt das Teufelsgefährt an, und Mieze hatte nichts Eiligeres zu tun, als mit einem weiten Sprung das Weite zu suchen und sich hinter einem Schuppen zu verbergen.

Der Baum wurde neben den Schuppen gelegt, und als die Menschen verschwunden waren, krabbelte sie in dessen schützendes Geäst, dankbar dafür, ein Stück Heimat wiedergefunden zu haben.

Zwei Tage lebte sie nicht schlecht von dem, was der winterliche Garten ihr bot. Es gab noch genügend Mäuse, aber besser gefiel ihr, was die füllige Menschenfrau alles auf den Kompost warf. Die angebissene Frikadelle mundete ihr ausgezeichnet, das halb abgenagte Hühnerbein kam einer echten Delikatesse nahe, und auch der Klecks Joghurt war eine köstliche Erfahrung. Satt und zufrieden rollte Mieze sich in dem Christbaum zusammen und merkte daher zu spät, daß er plötzlich aufgerichtet und bewegt wurde. In Panik klammerte sie sich mit den Krallen an den Stamm und gelangte auf diese Weise in das Wohnzimmer der Menschen. Hier hüpfte sie, von niemandem entdeckt, aus den Zweigen und versteckte sich vorsichtshalber hinter einem gelben Vorhang, der zum Glück bis auf den Boden reichte. Von dieser warmen, geschützten Stelle aus beobachtete Mieze, wie ein großgewachsener, grauhaariger Mann den Baum in einem wassergefüllten Behälter festspannte und dann mit dröhnender Stimme rief: »Sigrid, die Tanne steht jetzt!«

Die füllige Frau kam dazu und schlug die Hände vor den Mund.

»Aber Armin! Nein!«

»Was ist denn nun schon wieder?«

»Der hat ja zwei Spitzen!« stöhnte sie dramatisch.

»Na und!«

»Das sieht doch unmöglich aus. Hast du das nicht gesehen?«

»Nein, und wenn du mich fragst, ich halte das sowieso für eine Schnapsidee, solch einen riesigen Baum aufzustellen. Wir haben die Jahre zuvor doch auch ohne solchen Firlefanz leben können.«

»Aber Armin, wir haben doch dieses Mal die ganze Familie hier.«

»Schlimm genug!« murrte der Mann.

»Aber Armin, das ist doch der Sinn des Christfestes. Und wir sind nur noch so eine kleine Familie, seit Mutter gestorben ist.«

»Du hast dreizehn Leute eingeladen und drei Windelscheißer dazu, das nennst du klein?«

»Aber Armin, wir müssen uns doch um Henry kümmern. Ich habe Mama am Sterbebett versprochen, Vati zu pflegen. Und er ist doch schon achtzig.«

»Und deshalb mußt du auch Herbert und Kerstin, die alte Nörglerin, dazuholen und deren Sippschaft?«

»Aber Armin, sie konnten zu Laurelitas Hochzeit nicht kommen. Jetzt sollen sie doch endlich unsere glückliche junge Familie kennenlernen.«

»Vor allem den jungen, glücklichen Familienvater Ferdi.«

»Aber Armin, der Junge ist doch unser Schwiegersohn. Unsere Tochter liebt ihn.«

»Sie schon! Ich nicht!«

»Aber Armin ...!«

Brummelnd verzog sich Armin aus dem Zimmer, und Mieze beobachtet aus ihrem Versteck heraus, wie jene Sigrid begann, allerlei buntes Zeug in ihren Tannenbaum zu hängen. Hübsch fand sie die glänzenden Kugeln und die silbrigen Fäden, die bald von den Ästen hingen. Die krumpeligen Papiergebilde in grellen Farben hingegen sagten ihr nicht zu.

Als Sigrid endlich das Zimmer verließ, schlich sie zu dem Baum hin und begann mit großer Freude, die schwingenden Kugeln mit der Pfote anzutippen, an dem Lametta zu spielen und die Papierdinger aus allen greifbaren Zweigen zu zupfen. Man konnte sie herrlich zerfetzen, fand sie. Mieze war eine sehr kreative und geschickte Katze. Fast so gut wie der kleine Junge, der plötzlich hereinkam und sie staunend anstarrte.

»Mutti? Hast du Ottomax gesehen?« rief wenig später eine junge Frauenstimme irgendwo im Haus.

»Wollte Ferdi nicht mit ihm zum Weihnachtsmarkt gehen?«

»Ferdi ist vorhin alleine weggefahren. Seine Kumpels aus dem Studentenwohnheim haben ihn angerufen. Es war ihm wichtiger, als sich um seinen Sohn zu kümmern.«

Die Stimme klang ein wenig giftig, und Mieze suchte schleunigst ihr Versteck hinter dem Vorhang auf. Menschen gegenüber war sie äußerst vorsichtig, und von den vier Zweibeinern, die sie bisher in diesem Haus getroffen hatte, war ihr nur das Junge einigermaßen ungefährlich erschienen.

Die giftige junge Frau betrat nun das Wohnzimmer und sah die Bescherung unter dem Christbaum.

»Hier bist du, Ottomax! Oh, Mutti, er hat alle Papiersterne abgerissen, die wir gestern zusammen gebastelt haben. Böser Junge!«

Die füllige Frau rauschte heran und schlug wieder die Hände dramatisch vor den Mund. »Ach, Ottomax! Du schlimmer Junge!«

»War ich nicht, war Mieze«, plärrte der Kleine.

»Laurelita, Liebes, du mußt das wirklich unterbinden. Der Kleine bildet sich wer weiß was ein. Das kann doch nicht gesund sein. Immer hat er eine Ausrede, wenn er etwas angerichtet hat. Und immer sind es seine erfundenen Freunde, die das getan haben.«

Milder Vorwurf klang in den Worten mit.

»Mutter, ich erziehe meine Kinder, nicht du.«

Mieze verfolgte mit Interesse, wie sich Mutter und Tochter in einen mit sanfter Stimme geführten Streit über Kindererziehung im allgemeinen und Ottomaxens im besondern verwickelten und dabei die ramponierten Kunstwerke auflasen. Die Katze verspürte die verborgene Wut, die sich zwischen den beiden Frauen aufbaute, und überlegte, daß sie, wären sie zwei Katzen, in einem solchen Fall wahrscheinlich fauchend und zischend aufeinander losgegangen wären. Aber Menschen waren eben anders.

»Laß es gut sein, Laurelita. Es ist Weihnachten, und wir wollen doch ein friedliches Fest feiern. Ihr seid eine solch glückliche junge Familie. Wie werden die anderen uns beneiden.«

Laurelita schien diese Ansicht nicht ganz zu teilen, aber sie schwieg und trat mit Ottomax den Rückzug an.

Etwas später kam der Mann Armin wieder in das

Zimmer, ihn begleitete ein sehr alter, sehr häßlicher Mann mit einer Krücke.

»Willst du etwas trinken, Henry?«

»Wenn du ein Glas Roten für mich hast, gerne!«

Der Alte hievte sich in einen Sessel und schloß halb die schweren Lider. Sein Kopf war kahl, seine Nase riesig, seine Lippen waren schmal und verkniffen. Gleichmütig beobachtete er, wie sein Schwiegersohn sich einen kräftigen Schluck Whisky einschenkte und ihm dann seinen Rotwein reichte. Er nippte daran und schien in einen dösenden Zustand zu versinken. Armin versuchte ein Gespräch mit ihm anzufangen, aber er bekam nur äußerst einsilbige Antworten.

»Na, ich habe noch anderes zu tun, Henry. Hier ist die Flasche, die Zeitung liegt auf dem Tisch.«

Erstmals hoben sich die Lider des Alten, und er fragte: »Das Schundblatt, dessen Chefredakteur du bist?«

»Mh.«

»Stimmt was nicht, Armin?«

Der Mann stürzte seinen Whisky hinunter, zuckte mit den Schultern und verließ den Raum.

Eine Weile war es sehr ruhig, und Mieze traute sich ganz vorsichtig wieder hinter der Gardine hervor. Sie wollte das Revier erkunden, in das sie so unerwartet geraten war, und setzte leise ihre weißbestrumpften Pfoten auf den feingemusterten Perserteppich. Das Gefühl empfand sie als angenehm. Dann schlenderte sie an der Wand entlang zu einer dunklen Holztruhe, sprang hinauf und sah sich einer graubraunen Katze mit grünen Augen gegenüber. Erschrocken trat sie den Rückzug an und blinzelte nach oben. Die Katze war fort, doch in dem Spiegel war der geschmückte Christbaum zu erkennen. Den Baum aber roch sie in natura hinter sich, also ignorierte sie das Trugbild und widmete sich den Wollmäusen unter dem nächsten Schrank. Allmählich näherte sie sich auch dem Sessel, in dem der schlafende Mann saß. Sie schnüffelte an seinem Hosenbein und fand es ein wenig muffig. Also ging sie weiter, doch ihre Instinkte ließen sie sich plötzlich umdrehen.

Unter den schweren Lidern verfolgte sie aufmerksam der Blick des Alten. Flink huschte sie wieder hinter den Vorhang. Dieser Mensch war ihr nicht geheuer. Sie wartete, ob er eine weitere Reaktion zeigte, doch er griff nur noch einmal nach dem Glas und widmete sich dann der Zeitung. Einigermaßen erleichtert rollte sich die Katze zusammen und schloß schläfrig die Augen.

Die Türglocke schreckte Mieze kurz darauf aus ihrem Dösen auf. Menschenstimmen erklangen. Höchstes Entzücken schienen die Ankommenden auszulösen. Sigrids Stimme hatte sich um eine Oktave erhöht, als sie überschwenglich flötete: »Ach, Irene, meine liebste Schwester! Wir haben uns ja schon so lange nicht mehr gesehen. Eigentlich nach deiner letzten Scheidung nicht mehr. Die vierte, nicht wahr? Oder schon die fünfte? Egal, meine Liebste – du siehst ja so gut aus.«

Irene schien etwas zu erwidern. Ihre Stimme klang tiefer, ein wenig rauchig und lange nicht so enthusiastisch. Als die Tür sich öffnete, erspähte Mieze eine schlanke, sehr elegante Frau, die wie gemalt aussah. Ihr folgten ein distinguierter Herr in grauem Anzug und ein zierliches Mädchen.

»Ach Henry, sieh mal, wer sich auch zu unserem kleinen Familienfest eingefunden hat!« tönte Sigrid laut, und Henry ließ die Zeitung sinken.

»Meine Tochter Irene, wenn ich sie unter dem jugendlichen Anstrich richtig erkenne. Du trägst die Produkte, die deine Kosmetikfirma produziert, sehr kunstvoll zur Schau. Kriegst du Mitarbeiterrabatt?«

»Aber, Henry, wie kannst du so etwas sagen. Ich bin doch kaum geschminkt.«

»Kaum, meine Tocher. Nur solltest du dir heftige Gemütsregungen verkneifen, sonst bröckelt die Fassade.«

»Charmant wie immer, Henry!« antwortete sie und tätschelte ihm lächelnd die Schulter.

Wieder fiel Mieze auf, wie seltsam sich die Menschen verhielten. Offensichtlich hatte der alte Kater die jüngere Katze beleidigt, aber sie schnurrte ihn nur an. Sie schnurrte weiter, als sie den Anwesenden »Fridjof, mein Lebenspartner«, vorstellte und »seine hübsche Tochter Tonia, sie arbeitet am Theater«.

Hinter ihnen kam Laurelita mit Ottomax und einem weiteren Kleinkind auf dem Arm in das Zimmer, und es wurde laut, denn der Säugling schrie durchdringend. Mieze suchte einen Fluchtweg, aber sie hätte ihr Versteck aufgeben müssen, und das erschien ihr angesichts der vielen Menschenbeine sehr unangebracht. Es wurden sogar noch mehr Beine, denn nun gesellte sich ein hageres Ehepaar hinzu, das Herbert und Kerstin gerufen wurde. Es führte eine äußerst magere Tochter namens Lyane mit sich. Die wiederum präsentierte stolz eine Vierjährige, deren Name Maria-Henrietta lautete. Das Kind stürzte sich mit Elan auf den Christbaum, rupfte an einem Rauschgoldengel und brachte das ganze Arrangement ins Schwanken. Das Wasser in der Baumhalterung schwappte vor Miezes Pfoten, und beinahe wäre sie bei der folgenden hektischen Aufwischaktion entdeckt worden.

Zuletzt trafen noch drei Menschen ein: Miriam, Dietrich und, ein wenig jünger als die beiden anderen, Rico. Die Frau trug eine leicht gequälte Miene zur Schau und suchte einen Platz, auf den sie ihre Tasche ablegen konnte. Der Mann wirkte auch nicht besonders verbindlich, wechselte aber mit Henry in seinem Sessel ein paar Worte. Der junge Mann hingegen hatte ähnlich schläfrige Augen wie der Alte, und ebenso ähnlich schien er unter halbgeschlossenen Lidern die Versammelten zu mustern.

Mieze stellte mit Interesse fest, daß zumindest bei einer der Anwesenden Tonfall und Gesichtsausdruck übereinstimmten. Das zierliche Mädchen, Tonia genannt, das ganz dicht an ihrem Versteck stand, stieß hervor: »Mein Gott, ist der häßlich!«

Tonia nippte nur sehr vorsichtig an dem Sherry, den ihr Gastgeber ihr in die Hand gedrückt hatte. Der Sherry war zu süß – wie die ganze Stimmung in diesem Haus. Fridjof, ihr Vater, hatte ihren leisen, aber entsetzten Ausruf gehört. »Meinst du diesen Rico? Der muß mit dem Alten verwandt sein!« raunte er ihr zu. »Die beiden haben gleich große Nasen.«

»Da kannst du aber froh sein, daß deiner Irene diese Nase erspart geblieben ist, Paps«, flüsterte Tonia. »Oder hat sie sich operieren lassen?«

»Hat sie! Sie ist nicht umsonst in der Kosmetikbranche tätig!«

»Was für eine Familie! Ein vertrocknetes Lehrerehepaar mit einer alleinerziehenden Tochter, ein grottenhäßlicher Alter und ein ebenso grottenhäßlicher Jüngling, seine Eltern offensichtlich maßlos gelangweilt, unsere Gastgeber, ein lautes, aufdringliches Ehepaar, und eine überforderte Junghenne mit zwei Kleinkindern. Ist die auch alleinerziehend?«

»Nein, die ist mit einem Menschen namens Ferdi verheiratet, soviel ich hörte. Da kommt er.«

Besagter Ferdi sah im Gegensatz zu dem nur wenig jüngeren Rico umwerfend gut aus und war sich dessen auch bewußt. Sigrid umarmte ihn, zog ihre Tochter mitsamt den Kleinkindern an sich und stellte sie als junge und so glückliche Familie den Anwesenden vor. Armin verteilte Getränke und verhalf sich selbst zu zwei weiteren großen Schlucken Hochprozentigem.

Man brachte einen Toast auf die junge Familie aus, und Tonia, die keine Chance sah, dem Familienfest zu entkommen, trank resigniert ihren Sherry aus. Eigentlich hätte sie am Heiligabend lieber eine andere Party mit Freunden besucht, aber ihr Vater hatte sie gebeten – und das tat er selten –, ihn mit seiner Freundin Irene zu deren Familie zu begleiten. Tonia war ganz froh, daß ihr Vater sich wieder für eine Frau interessierte, denn seit vor zwei Jahren ihre Mutter gestorben war, hatte es ausgesehen, als würde er die Trauer nie überwinden. Dennoch waren ihre Gefühle für Irene nicht unbedingt voller Zuneigung. Sie hatte sie erst einige Male getroffen und versucht, nett zu ihr zu sein. Aber nicht nur die perfekte Frisur und das noch perfektere Make-up wirkten auf sie wie eine Maske, auch Irenes Freundlichkeit schien eher gespielt als aufrichtig. Außerdem hatte Irene die Neigung, ihrer Umgebung zu vermitteln, sie, die Tochter ihres neuen Liebhabers, sei eigentlich nur ein sehr junges Mädchen und nicht eine zweiundzwanzigjährige Frau, die ihr eigenes Leben bereits gestaltete.

Nun gut, Tonia hatte sich überreden lassen, diesen Abend im Kreise der Familie zu verbringen, und sie versuchte, das Beste daraus zu machen. Da sie keinen der Anwesenden kannte, beschränkte sie sich, genau wie die Katze hinter dem Vorhang, auf das Beobachten – und kam zu erstaunlich ähnlichen Ergebnissen.

Mieze wäre ebenso gerne geflohen wie Tonia, doch als sie erkannte, daß es kein Entkommen gab, legte sie resigniert den Kopf auf die Pfoten. Es war ihr zu laut und die Luft zu stickig, und das Parfüm, das Irene umgab, die plötzlich in ihre Nähe getreten war, erinnerte sie an die abgestanden Duftmarkierungen eines Katers. Wehmütig dachte sie daran, wie gesittet Katzengruppen sich verhielten, wenn sie sich versammelten. Da hielt man Abstand, da tauschte man schweigend die wirklich wichtigen Neuigkeiten aus, da zeigte man durch Mimik, Körper- und Schnurrhaarhaltung, was man voneinander hielt, ohne sich zu verstellen. Wen man nicht riechen konnte, dem ging man einfach aus dem Weg. Und Junge, die zu aufdringlich wurden und ein derartiges Geplärre anstellten wie diese Menschenkinder, wären recht schnell mit einem passenden Pfotenhieb zwischen die Ohren zum Schweigen gebracht worden.

Schließlich aber kehrte auch in dem Zimmer wieder Ruhe ein, denn Sigrid beorderte alle zum gemeinsamen Kirchgang. Lediglich der alte Henry widersetzte sich ihren Aufforderungen und schob sein schmerzendes Bein vor, um im Sessel sitzen bleiben zu dürfen.

Mieze hatte inzwischen mit ihren eigenen Problemen zu kämpfen. Sie hatte Hunger. Ihre scharfen Sinne verrieten ihr, daß sich irgendwo in diesem Haus etwas Eßbares befinden mußte. Vorsichtig schlich sie sich entlang der Wand aus dem Wohnzimmer und folgte der appetitanregenden Witterung, die ihre empfindliche Nase aufgenommen hatte. Und – o ja! Es gab einen Raum, dem die köstlichsten Düfte entströmten. Auf den Schränken standen Platten, zwar zugedeckt mit durchsichtigem Material, was aber für eine geschickte Katze kein Problem darstellte. Die Lachsröllchen mundeten ihr genauso wie die Remouladeröschen. Von der Meerrettich-Sahne hingegen nahm sie Abstand, dafür schleppte sie noch eine Scheibe Roastbeef mit zu ihrem Basislager, um sie dort leise schmatzend zu verzehren. Nur einmal fühlte sie sich träge beobachtet, aber da der alte Mann keinerlei weitere Reaktion zeigte, beunruhigte sie das wenig. Er hielt ja seine Augen halb geschlossen, was ihr signalisierte, er würde sie nicht bedrohen. Hingegen fühlte sie, nachdem sie sich gründlich Pfoten und Gesicht gereinigt hatte, ein weiteres dringendes Bedürfnis. Suchend sah sie sich um. Sie brauchte eine Stelle, wo sie etwas ordentlich verscharren konnte. Im Freien hätte sie in Erde oder Laub ein Loch gegraben, hier, auf dem flauschigen Bodenbelag, schien das schwierig zu sein.

Ihr zwickender Bauch zwang sie zu einer schnellen

Entscheidung. Eine Pflanzenschale, gefüllt mit den Steinchen einer Hydrokultur, war das Nächstbeste, was sich fand. Mieze entledigte sich dieses Geschäftes mit größtmöglichem Anstand und Sauberkeit und vergrub systematisch das übelriechende Resultat.

Wieder fühlte sie sich beobachtet, und wieder schien keine Bedrohung für sie von den zwei Menschenaugen auszugehen.

Die anderen Menschen kehrten zurück, und mit ihnen ein Schwall frischer, kalter Luft. Miezes Versuch, ungesehen zur Tür hinauszuschlüpfen, schlug fehl, daher krabbelte sie erneut hinter den Vorhang.

»Mama, so warm hier!« jammerte eine Kinderstimme, und ganz in ihrer Nähe wand sich Ottomax aus seinen Kleidern. Sigrid wollte einschreiten, doch die Kindsmutter fuhr dazwischen und meinte: »Er hat völlig recht, Mutti. Bei uns darf er auch nackt herumlaufen, wenn er will.«

»Ja, aber wir wollen uns doch jetzt zum Essen zusammensetzen.«

»Meine Kinder essen sowieso nicht mit am Tisch. Das ist viel zu anstrengend fur sie. Das schwere Essen bei solchen Feiern bekommt Ottomax auch nicht. Ich habe extra etwas für ihn mitgenommen.«

Der kleine Junge, jetzt nur noch in der Unterhose, tollte mit Maria-Henrietta durch das Zimmer und fand, unbeobachtet von den Erwachsenen, die eben wieder von Armin mit Getränken versorgt wurden, Freude daran, die Pflanzenschale zu entleeren. Miezes Hinterlassenschaft klebte dabei plötzlich an seinen Fingern, und Maria-Henrietta quakte laut: »Ottomax, Hosenkax!«

Kurzfristig fühlte Mieze sich dann doch wie unter ihresgleichen, denn es setzte von der Studienrätin Kerstin eine Kopfnuß, Mutter Laurelita fauchte, Ottomax kreischte, Maria-Henrietta rollte sich vor Lachen auf dem Boden, und ihre Mutter Lyane nieste. Der glückliche junge Vater Ferdi entfernte sich dezent aus dem Dunstkreis lebhaften Familienlebens und rückte Tonia näher. Dazwischen aber versuchte Sigrid als versöhnliche Gastgeberin den Frieden wiederherzustellen, was sich aufgrund der Lautstärke als recht schwierig erwies.

Tonia schwankte zwischen Erheiterung und Frustration. Nicht, daß sie etwas gegen kleine Kinder hatte, aber ob man ihnen wirklich alles durchgehen lassen mußte, bezweifelte sie. Insofern sympathisierte sie durchaus mit der hageren Frau Studienrätin, die Ottomax in seine Grenzen gewiesen hatte. Ansonsten aber war ihr die Frau mit den graubraunen Haaren, die sie zu einem unvorteilhaften Topfschnitt frisiert trug, ein wenig unangenehm. Tonia hatte aus gutem Grund eine Neigung dazu, Menschen nach ihrer Körpersprache einzuschätzen, so, wie es Katzen untereinander auch tun. Mimik, Haltung und Bewegung verrieten ihr vieles, was mit Worten nicht gesagt wurde. Und Kerstin, die Lehrerin, war zu sehr darauf bedacht, sich scheinbar bescheiden in den Mittelpunkt zu rücken. Ihr Gatte hingegen, ähnlich graubraun meliert, jedoch mit hoher Stirn und kleiner Brille, entfernte sich beständig bescheiden vom Mittelpunkt, so, als ob er möglichst nicht beachtet werden wollte.

Ferdi hingegen hatte wohl nichts dagegen, beachtet

zu werden, und als er sie mit einem schiefen Lächeln ansah und murmelte: »Schrecklich, diese Kinder, nicht wahr?«, empfand Tonia ein gewisses Mitleid mit ihm. Das erlosch aber recht bald, als er ihr noch ein wenig näher trat und dezent seine Hand auf ihren, zugegebenermaßen hübsch gerundeten, Po legte. Sie entfernte sich vorsichtig und fand sich plötzlich in der Nähe des alten Mannes wieder. Ganz sicher war sie nicht, aber sie meinte bemerkt zu haben, daß er ihr beifällig zuzwinkerte. Ansonsten schien er die ausgesprochene Gabe zu besitzen, mit den Möbeln zu verschmelzen. Er schaffte es, sich jeglicher Beachtung zu entziehen. Dennoch hatte Tonia das Gefühl, er nehme durchaus alles wahr, was um ihn herum geschah, und amüsiere sich dabei auf verschrobene Art und Weise.

Seine Haltung war perfekt, und er fand lediglich Beachtung, als Sigrid aus der Küche zurückkehrte und ihn vorwurfsvoll beschuldigte, die Platten mit den Vorspeisen geplündert zu haben.

»Henry, war das nötig? Du hättest es mir doch sagen können, wenn du schon vor dem gemeinsamen Mahl etwas zu essen haben wolltest. Ich habe mir so viel Mühe mit den Vorspeisen gemacht.«

Mieze bemerkte den verhaltenen Unmut in ihren milden Worten, aber der alte Mann zuckte nur mit den Schultern.

»Von Remouladenröschen wird keiner satt, und die Petersiliensträußchen hättest du dir auch schenken können«, knurrte er. Aber die Katze hatte den Eindruck, er blinzele anschließend verstohlen in ihre Ecke.

»Für mich ist das ja sowieso nichts, Sigrid!« kam es von Kerstin, die die Fleischplatten mit angeekeltem Gesicht musterte. »Du weißt doch, ich bin eine strikte Vegetarierin!«

»Oh, tut mir leid, Kerstin. Das hatte ich völlig vergessen. Und jetzt habe ich einen ganzen Puter in der Röhre. Aber du kannst ja Kartoffeln mit Sauce essen.«

»Bratensauce esse ich auch nicht.«

»Dann ißt du die Kartoffeln eben trocken!« bemerkte Armin und nahm einen Schluck aus seinem Glas.

»Aber Armin!« mahnte seine Frau ihn sanft. »Es war sehr ungeschickt von mir, auf Kerstins Diät keine Rücksicht zu nehmen, Komm, meine Liebe, wir sehen, ob sich nicht doch etwas Passendes in der Küche findet.«

Mieze blickte den beiden nach, die in den Raum der Köstlichkeiten verschwanden, und wurde dann von einem anderen Phänomen abgelenkt. Dietrich, der Mann, der mit dem häßlichen Sohn Rico gekommen war, stellte sich in die Ecke, in der sie saß, und zückte ein kleines Gerät, das er sich ans Ohr hielt. Höchst konzentriert lauschte er dem, was daraus erklang und vage Ähnlichkeit mit einer menschlichen Stimme hatte. Anschließend drückte er einige Tasten und sprach dann mit gedämpfter Stimme mit jemandem, der sich nicht im Raum befand. Mieze sagten die Worte Razzia und Drogen wenig, aber sie stellte fest, daß Rico aufmerksam lauschte.

Tonia half inzwischen mit, den Tisch auszuziehen und mit weißem Damast, kristallenen Gläsern und feinem Porzellan zu decken. Die Tafel reichte bis fast an den

Christbaum und damit auch nahe an die Vorhänge heran. Etliche Stühle standen um den Tisch herum, und die Gäste wurden auf ihre Plätze gebeten. Tonia wartete mit der ihr eigenen Zurückhaltung, bis sich die Familienangehörigen niedergelassen hatten, was seine Zeit brauchte, denn Kerstin kochte sich noch irgend etwas Gesundes in der Küche. Lyane suchte nach einem neuen Päckchen Taschentücher und nieste, Armin brauchte noch einen stärkenden Schluck, Ferdi war seit geraumer Zeit auf der Toilette verschwunden, und Dietrich telefonierte.

»Aber Dietrich, kannst du nicht mal am Heiligabend das Handy ausschalten?« fragte Sigrid den Mann, der leise redend aus dem Fenster in den Garten schaute.

»Nein, Sigrid, das kann ich leider nicht.«

»Das Verbrechen ruht wohl nie!« dröhnte Armin und schlug Dietrich mit massiger Hand auf die Schulter.

»Nein, die Drogenszene kennt keinen Heiligabend – außer als besonderen Anlaß, den Absatz zu erhöhen.«

»Laßt uns von anderen Dingen reden, es ist schließlich das Fest der Liebe und des Friedens!« mischte sich die Gastgeberin wieder ein und geleitete Dietrich mit nachdrücklicher Hand zu seinem Sitzplatz. Der häßliche Rico hingegen blieb, genau wie Tonia, abwartend am Fenster stehen und setzte sich schließlich an das untere Ende des Tisches. Neben ihm ließ sich Tonia nieder. Die Wißbegierde mußte ihr wohl im Gesicht gestanden haben, denn Rico wisperte ihr zu: »Daddy ist Staatsanwalt. Es gibt da einen aktuellen Fall.«

»Darum. Sieht man mir meine Neugier so an?«

»Du solltest nie lügen, dein Gesicht verrät dich. Sorry,

ich habe deinen Namen wieder vergessen. Du bist mit Tante Irenes neuestem Lover gekommen, nicht wahr?«

»Ich bin Tonia. Deine Tante hat uns eingeladen, um Pa und mich dem zu präsentieren, was sie die ›Heilige Familie‹ nennt.«

»Ich wußte gar nicht, daß sie einen Hang zum Sarkasmus hat. Und, gefällt dir die Family?«

»Sie sind nett.«

»Ich habe dir doch gesagt, du sollst nicht lügen, Tonia!«

Tonia kicherte, antwortete aber nicht und widmete sich erst einmal dem Essen.

Mieze fand, daß Tonia, die auf dem Platz neben dem Vorhang saß, recht angenehm roch, nicht so aufdringlich wie Irene, sondern ein bißchen wie Katzenminze in der Sonne. Sie kroch vorsichtig unter ihren Stuhl, um ihr näher zu sein, und hörte dem Tischgespräch zu.

»Was treibst du denn so, Rico?« wollte Lyane wissen, die zu seiner Linken saß.

»Ich mache einen Job in einem Anwaltsbüro. Ziemlich monoton«, meinte er.

Dazu fiel Lyane außer einem verhaltenen Niesen nichts weiter ein, doch ihr Vater, Herbert, der Studienrat, wandte sich an das Familienoberhaupt der jungen kleinen Familie mit der Frage: »Und was macht dein Studium, Ferdi?«

»Es geht voran«, war die recht kurz gehaltene Antwort.

»Du müßtest doch schon – laß mich überlegen – im zehnten Semester sein, nicht wahr?«

»Ferdi ist so fleißig!« flötete Sigrid zur Antwort. »Er

hilft doch schon ständig bei seinem Vater in der Spedition mit aus.«

»Praxiserfahrung, was?«

»Er wird das Unternehmen später einmal führen, nicht wahr, Ferdi?«

Ferdi mußte wohl genickt haben, denn Herbert bemerkte süffisant: »Na, dann ist es ja wirklich erstaunlich, daß du schon das Vordiplom geschafft hast.«

»Und zwei Kinder gezeugt!« rief Armin dazwischen. »Reife Leistung!«

»Wie schafft ihr das nur finanziell?« fragte Lyane zwischen zwei Niesern. »Ich muß mich ja schon mit einem Kind nach der Decke strecken.«

»Wir unterstützen die kleine junge Familie natürlich, Lyane.« Sigrids Stimme wurde richtig sanft angesichts ihrer eigenen menschenfreundlichen Haltung. »Und er verdient doch auch richtig gut in der Spedition, nicht wahr, Ferdi? Er hat unserer Laurelita einen so hübschen Brillanten zur Hochzeit geschenkt. Zeig ihn doch mal, Laurelita.«

Laurelita mußte wohl die Beute vorgezeigt haben, denn nun füllte sie Sigrids Stimme mit Rührung, als die sagte: »Kerstin, ist der Ring nicht prächtig?«

Bevor diese antworten konnte, fragte eine Männerstimme: »Was hast du da eigentlich für einen unappetitlichen Brei auf deinem Teller, Kerstin?«

»Möhren. Angeblich aus biologischem Anbau.«

»Hast du etwa Ottomaxens Döschen aufgemacht?«

Laurelita klang scharf, und genauso scharf klang Kerstins Antwort: »In diesem Haushalt wird ja auf Leute, die sich gesund ernähren, keine Rücksicht genommen.«

»Und was, bitte, soll mein Sohn jetzt essen? Er verträgt doch diese fette Küche nicht!«

Ottomax hingegen teilte derartige Bedenken nicht, er hatte sich, von allen unbeachtet, mit einem Teller voll kleingeschnittenem Würstchen unter dem Tisch breitgemacht und schmierte sich Ketchup auf die Backen. Einige Würstchenscheiben rollten von dem Teller und landeten zwischen den Stuhl- und Menschenbeinen. Mieze fand das Spiel aufregend.

»Huch!« sagte Tonia. »Laß das, Rico!«

»Was soll ich lassen?« fragte Rico zurück.

»Mit mir zu füßeln. So vertraut sind wir noch nicht miteinander!«

»Ich füßele gar nicht mit dir – obwohl das keine schlechte Idee wäre. Mir ist aufgefallen, daß du sehr schöne Füße hast.«

»Möglicherweise. Aber ich mag weder den Po getätschelt bekommen, noch mag ich es, wenn man mir über die Füße streicht.«

»Hat sich dir etwa jemand aus der ›Heiligen Familie‹ auf unsittliche Weise genähert?«

»Aus der jungen, glücklichen Familie.«

»Ich verstehe: Ferdi hat sich rangeschleimt. Mach dir nichts daraus, das ist seine Art.«

»Arme Laurelita! Aber trotzdem – irgendwas ist unter meinem Stuhl. Es … es kitzelt mich.«

Vorsichtig schaute Rico nach unten, und sein häßliches Gesicht wurde von einem Lächeln ganz kurz erhellt. Tonia fand diese Verwandlung plötzlich atemberaubend.

»Schau mal ganz langsam nach unten, aber verrate dich nicht.«

Mieze war gerade dabei, ein Stück von dem Würstchen zu erhaschen, und Tonia sah ihre weißbestrumpfte Pfote lang und immer länger werden.

»Oh, die Katze des Hauses ist ja ein kleiner Dieb!« sagte Tonia leise.

»Diese Katze gehört mit Gewißheit nicht zu diesem Haushalt. Meine verehrten Anverwandten haben eine grundsätzliche Abneigung gegen Haustiere. Haare, Flöhe, Bazillen … du weißt schon.«

»So ein Blödsinn.«

»Magst du Tiere?«

»Ja, und zwar Katzen ganz besonders.«

Wieder war der Anflug eines Lächelns da und veränderte das häßliche Gesicht.

»Ich auch, Tonia. Darum verraten wir die Kleine nicht. Aber nachher versuchen wir, ihr zu helfen.«

»Das ist wenigstens ein lohnender Programmpunkt in diesem öden Weihnachtsfest.«

Das Essen war endlich vorüber, jemand lüftete, der Tisch wurde wieder auf sein normales Maß zusammengeschoben, und Sigrid klatschte in die Hände.

»Bescherung, meine Lieben!«

Mieze hatte sich in ihre Ecke zurückgezogen. Einmal hatte sie versucht, zum offenen Fenster zu gelangen, aber in dem Augenblick, als sie zum Spurt ansetzen wollte, war Ferdi aufgestanden und hatte es wieder geschlossen. Nun hatte man das Licht ausgeschaltet, und die Kerzen des Christbaumes ließen das Zimmer wie eine heimelige Höhle wirken. Irgendwo sang jemand, nicht unähnlich dem melodischen Rufen eines liebestollen Katers, nur lange nicht so schön, fand Mieze. Die Menschen machten andächtige Gesichter, als von der stillen, heiligen Nacht gesungen wurde und den Glokken, die nie süßer klingen. Dann sagte Maria-Henrietta mit Unterstützung von ihrer Mutter ein Gedicht auf, das vom Christkindchen handelte, einer Gestalt, die Mieze ziemlich fremd war. Anschließend kamen vom Himmel hoch noch einmal die Engelein, und als die schöne, neue Mär verkündet werden sollte, tirilierte Dietrichs Handy. Er hörte recht einsilbig zu und zog sich wieder in die Ecke zurück. Mieze konnte kaum verstehen, was er sagte. Irgendwie wollte er Beweise für irgend etwas haben und sprach von einer Durchsuchung. Ganz plötzlich witterte sie aber den strengen Geruch der Angst. Sie konnte jedoch nicht herausfinden, von wem er ausging, denn sie wurde von Dietrichs Füßen hinter dem Vorhang beinahe eingeklemmt.

»Wenn Dietrich mit seinen wichtigen Gesprächen fertig ist, können wir mit der Bescherung anfangen!« ertönte Sigrids Stimme, der man inzwischen eine gewisse Nervosität anmerkte. Der Säugling greinte wieder, Armin goß sich das nächste Glas Whisky ein. Miriam, Dietrichs Ehefrau, hatte sich auf einen Sessel zurückgezogen, die Leselampe eingeschaltet und war in einem Stapel Schreibmaschinenseiten versunken, die sie mit hastigen Kommentaren versah. Henry schien eingeschlafen zu sein, und Lyane nieste unablässig. Ferdi, der sich beiläufig an das Telefon herangearbeitet hatte, das auf dem Sideboard stand, wurde von Sigrid energisch in den Kreis der Familie zurückgezogen, und dann raschelte Papier, wurden Ahhs und Ohhs ausgestoßen, fiel man sich gegenseitig mit in die Luft gehauchten Küßchen um den Hals und beteuerte, noch nie etwas so Schönes erhalten zu haben. Mieze nutzte das Gewimmel, um sich aus ihrer Ecke zu bewegen und hinter einer mit Tannengrün gefüllten Vase auf einem Wandbord Platz zu nehmen. Hier hatte sie eine gute Übersicht über das Geschehen, und es zuckte ihr in den Pfoten, sich mit Geschenkpapier und Schleifenband zu vergnügen. Ein bißchen verwundert bemerkte sie, wie die schön angemalte Irene unter der Farbschicht auf ihrem Gesicht errötete, verstohlen das Kistchen verschloß, das sie erhalten hatte, und es mit dem Fuß hinter den Vorhang schob, dorthin, wo sie, Mieze, noch vor wenigen Momenten gesessen hatte. Dann aber lenkte sie ein Klingen und Klirren ab, und sie fragte sich, was die magere Kerstin wohl mit dem knallroten Tuch machen würde, das ihr ein so entzücktes Gurgeln entlockte.

»Oh, Lyane, wie wundervoll. Genau so eines wollte ich haben.«

»Was ist das?« fragte Sigrid wißbegierig und befingerte den bestickten Stoff.

»Oh, ich mache doch jetzt Bauchtanz, wißt ihr? Dabei trägt man solche Gürtel.«

»Bauchtanz? Oh, wie wundervoll! Du mußt uns unbedingt etwas vortanzen!« bedrängte Sigrid sie.

Mieze faszinierte das Klimpern und Glitzern des Münzgürtels, und sie war drauf und dran, von dem Bord hinunterzuspringen und ihn sich zu sichern.

Tonia hatte die Katze erspäht und sich heimlich zu ihr durch die Menschen hingearbeitet, um sich schützend vor sie zu stellen. Rico, der zwar namenlos gelangweilt wirkte, hatte das Manöver ebenfalls bemerkt und nutzte die Gelegenheit, sich an Tonias Seite zu begeben.

»Du wolltest doch Höhepunkte im Programm!« flüsterte er. »Jetzt kommt einer!«

Tonia biß sich auf die Lippen, als Kerstin eine Kassette einlegte, das Tuch um die eckigen Hüften wickelte und mit Vehemenz anfing, dieselben zu schütteln. Mieze fauchte erschrocken auf und zog sich tiefer hinter die Vase zurück. Alle anderen im Raum starrten gebannt auf Kerstin, die ihren Körper vor und zurück zucken ließ.

»Vorher hat sie Kundalini-Yoga und Tai Chi, Salsa, Eiskunstlauf und Steptanz ausgeübt. Alles mit derselben unbeschreiblichen Anmut«, erklärte Rico, und Tonia konnte es einfach nicht unterlassen, ihren Körper in ein paar anmutigen Schlangenbewegungen zu winden, was Rico mit einem beifälligen Zwinkern quittierte.

»Ist dir wohl nicht so ganz fremd.«

»Nicht wirklich.«

»Irene hat gesagt, du lernst am Theater. Offensichtlich nicht als Maskenbildnerin?«

»Nein.« Tonia grinste ihn unverhohlen an. »In ihre Fußstapfen möchte ich nicht treten.«

»Du bist Tänzerin, nicht wahr?«

Sehr ausdrucksvoll hob Tonia ihre Schultern. Dann hatte Kerstin ihre Darbietung beendet und erhielt frenetischen Applaus. Am lautesten von Rico, der sogar nach einer Zugabe verlangte, was ihm von Tonia einen leichten Tritt gegen das Schienbein eintrug.

Immerhin hatte das Spektakel alle Aufmerksamkeit auf sich gezogen, und Mieze hatte endlich die Möglichkeit gefunden, sich mit Papierballen und Schleifen zu vergnügen. Noch lustiger aber fand sie es, die Handtasche auszuräumen, die unter einem Stuhl stand und stark nach Irene roch. Vor allem der goldfarbene Lippenstift hatte es ihr angetan. Mit Pfoten und Zähnen schaffte sie es, ihn hinauszubugsieren und dann über den Boden kollern zu lassen. Der Lippenstift rollte vor die Füße von Tonia, die sich bückte und ihn aufhob. Mieze aber wich erschrocken zurück und überließ ihr klaglos die Beute. Sie hatte etwas Neues erspäht, denn Miriam, die noch immer, unbeeindruckt von dem gesellschaftlichen Gewoge um sie herum, in ihren Unterlagen las, hatte einen Stapel Seiten auf den Boden neben sich gelegt. Auch hier schafften die geübten Krallen es, einige Blätter herauszuziehen und wegzuschleppen. In der Nähe des Barschrankes, dort, wo Armin sich aufhielt, ließ Mieze sie jedoch vor Schreck fallen, weil er ihr mit einem unachtsamen Schritt beinahe auf den Schwanz getreten wäre. Sie huschte unter den Sessel, auf dem der alte Mann noch immer ruhig und gelassen saß und scheinbar unbeteiligt vor sich hin döste.

»Diese kleine Katze ist ein Spitzbub!« bemerkte Tonia im Flüsterton zu Rico, den sie trotz seiner Häßlichkeit immer gewinnender fand. »Sie hat Irene einen Lippenstift aus der Tasche geklaut.«

»Den Stift wird Irene sogleich vermissen. Sie hat die Tasche schon in der Hand, um im Badezimmer ein paar Restaurierungsarbeiten vorzunehmen.«

Tonia wendete die goldene Hülle ein paarmal in der Hand hin und her.

»Ich weiß nicht viel von ihr. Ist sie bei diesem Kosmetikhersteller beschäftigt?«

»Ja, diese Marke stellen sie her. Sie ist die Leiterin der Produktentwicklung.«

»Oha!«

Rico sah Tonia vielsagend an. »Eine kleine Rebellin?«

»Rico, möchtest du, daß man dir Salben in die Augen reibt, um zu sehen, ob sie die Bindehaut verätzen? Oder giftige Substanzen auf der Haut ...«

»Psst, Tonia. Ich stehe doch auf deiner Seite.«

Doch Tonia, die so zierlich und harmlos wirkte, hatte eine kämpferische Seele, und der folgende Auftritt, in dem sie Irene wegen der in ihrem Unternehmen praktizierten Tierversuche angriff, sollte sich als der nächste programmatische Höhepunkt des friedlichen Christfestes herausstellen. Selbst Sigrids Beschwichtigungsversuche, unterstützt von Engelschören aus der Hifi-Anlage, konnten ihr keinen Einhalt gebieten. Erst ihrem Vater Fridjof gelang es, die Furie in ihr zu bändigen.

»Ich verstehe nicht, wie du dich mit einer solchen Frau abgeben kannst!« zischte Tonia nur noch einmal, dann gab sie endlich Ruhe.

Irenes schöne Maske aber hatte bei der lautstarken Auseinandersetzung einige Risse bekommen, und Mieze, die sie von ihrem Versteck aus beobachtet hatte, fand, sie sehe einer alten, gehässigen Rättin ähnlicher als einer Menschenfrau. Tonia hingegen hatte ganz normal wie eine wütende Wildkatze reagiert und fand damit Miezes Anerkennung, obwohl sie nicht wußte, worum es bei dem Gezanke ging. In die auf den Streit folgende Stille trillerte wieder einmal das Handy, worauf Dietrich sich in eine Ecke zurückzog. Mieze sah, wie seine Augenbrauen hochzuckten, während er lauschte und dann murmelte: »So, so, im Studentenwohnheim.«

Wieder witterte sie ganz in der Nähe den Geruch der Angst, und diesmal konnte sie die Quelle erkennen. Ferdi drückte sich an der Wand entlang und zog etwas aus der Hosentasche. Den Gegenstand in der hohlen Hand haltend, näherte er sich einem Ziervässchen und ließ ihn hineingleiten. Dann entfernte er sich verstohlen von dieser Stelle und beschäftigte sich mit seinem Junior Ottomax, der versonnen ein buntes Plastespielzeug zerlegte.

Dann sorgten die beiden Blätter für eine nette Abwechslung, die Mieze aus Miriams Manuskriptstapel gezogen hatte. Armin hatte sie aufgelesen und überflogen. Anschließend kommentierte er: »Tolle Story, Miriam. Ich wußte gar nicht, daß dein vornehmer Verlag solche Schlüpfrigkeiten veröffentlicht.« Mit seiner dröhnenden Stimme las er eine derart drastische Sexszene vor, daß Kerstin vor Schrecken der Unterkiefer hinunterfiel, Lyane das Niesen vergaß, Laurelita blutrot anlief, Herbert runde Augen bekam und Sigrid noch nicht einmal mehr »Aber Armin!« stammeln konnte.

»Nun, dir gefällt ja offensichtlich so etwas«, beschied

ihn Miriam kühl. »Ich hingegen habe soeben eine Absage an den Autor formuliert.«

Tonia kämpfte mit einem Anfall hemmungslosen Kicherns, den sie vergeblich hinter einem Taschentuch zu verbergen suchte. Rico half ihr keineswegs, sich zu beherrschen, im Gegenteil, er flüsterte ihr zu allem Überfluß ins Ohr: »Diese Katze hat ihren ganz eigenen Unterhaltungswert. Sie hat die Seiten stibitzt.«

Atemlos keuchte Tonia: »Dafür stibitze ich ihr nachher noch ein paar Lachsröllchen!«

»Von mir bekommt sie einen Milchshake. Ich frage mich, wie sie hier hineingeraten ist.«

»Mich wundert es, daß noch keiner außer uns sie bemerkt hat.«

»Ihr Fell ist sehr unauffällig, und sie selbst verhält sich sehr vorsichtig, die Kleine. Aber Großvater beobachtet sie schon die ganze Zeit.«

»Was? Ich hatte den Eindruck, er ist ständig in einen leichten Dämmerschlaf versunken.«

»Täusche dich nicht, Henry ist mit einem erschreckend scharfen Verstand gesegnet. Die Pose, die er bei derartigen Familienfeiern einnimmt, dient nur dazu, sich ein paar weitere hintersinnige Klauseln für sein Testament auszudenken.«

Tonia konnte nicht umhin, einen Blick zu dem alten Mann zu werfen, und tatsächlich, unter den schweren Lidern glitzerten seine Augen. Als er ihre Aufmerksamkeit auf sich ruhen fühlte, zogen sich ein paar Fältchen darum zusammen, als ob er ihr ein verstecktes Grinsen übermitteln wollte.

»Verflixt, du hast recht. Er scheint der einzige zu sein, den dieses Fest wirklich amüsiert.«

»Nicht der einzige, Tonia.«

»Nein, du amüsierst dich auch.« Tonia sah den häßlichen jungen Mann neben sich mit noch stärkerem Interesse an und meinte dann: »Du bist ihm wohl nicht nur äußerlich sehr ähnlich, was?«

»Stimmt! Ich bin innerlich und äußerlich sehr häßlich.«

Noch prüfender betrachtete Tonia ihn und fand ihn immer weniger abstoßend. Im Gegenteil, sie fand ihn plötzlich sogar durchaus anziehend.

»Und du machst nur einen langweiligen Job in einer Anwaltskanzlei, was?«

»Würde ich dich anlügen, Tonia?«

»Du liebst es, den Anwesenden, ebenso wie dein Großvater, zu suggerieren, nicht weiter als bis drei zählen zu können.«

»Du unterschätzt mich maßlos. Ich schaffe es sogar bis vier.«

»Du studierst Jura, was?«

»Um Gottes willen, verrate mich nicht!«

Wieder mußte Tonia ihr Taschentuch zu Hilfe nehmen, um ihr Kichern zu verbergen.

Mieze fühlte auf ihre eigene kätzische Weise, daß in der Ecke, in der Tonia und Rico standen, eine höchst angenehme Stimmung aufgekommen war, und sie schlich unter Stühlen und zwischen Spielzeugverpackungen zu ihnen hinüber. Kurz rieb sie ihren Kopf an Tonias seidenbestrumpftem Knöchel und schlüpfte dann wieder hinter den Vorhang, der ihr schon seit Eintritt in das Haus als Versteck gedient hatte. Doch irgend etwas belegte den Platz. Irenes Schachtel! Eine Schachtel war schön, man konnte sich darin zusammenrollen und fühlte sich dann herrlich geschützt. Aber das, was da drin war, mußte heraus, auch wenn es angenehm nach Leder roch. Es hatte so häßliche, störende Metallnieten und Ketten. Geschickt, wie sie war, hatte Mieze das Ding bald aus der Verpackung gezerrt und schob es mit ihren Pfoten Tonia vor die Füße.

»Ei, was hat unsere kleine Freundin denn jetzt ausgegraben!« fragte Tonia und bückte sich. »Hui!«

»Na, wenn du damit über die Straße gehst, wirst du Auffahrunfälle verursachen. Dafür braucht man ja einen Waffenschein!«

Rico bestaunte ebenfalls das schwarze Ledermieder. Dann aber bückte er sich, langte hinter den Vorhang und entwand Mieze ein Stück Papier. Ein kurzer Blick darauf, und sein Gesicht wurde ernst.

»Du solltest deinem Herrn Vater mal einen kleinen Tip geben. Es scheint hier eine seltsame Leidenschaft in der Familie zu liegen.«

»Wem gehört das?«

»Irene. Der blasse Onkel Herbert redet sie manchmal auch höflich mit Domina an.«

»Der Studienrat?«

»Er scheint eine Vorliebe für Rohrstöcke zu haben.«

Tonia schluckte und sah sich zu ihrem Vater um, der in ein Gespräch mit Armin verwickelt war, in dem Anspielungen wie »mein Freund, der Minister … meine Beziehungen zu Regierungskreisen … meine Freunde in der Wirtschaft … meine Freunde im Vatikan … unsere Filialen in New York und Boston …« nur so wimmelten.

»Platzhirsche!« murmelte Rico, als sich Tonia außer Hörweite befand.

So ähnlich beurteilte Mieze die beiden Männer auch – zwei Kater, die sich mit Imponiergehabe umstrichen, konnten das nicht besser machen. Sie wunderte sich, daß Tonia, die Beute, die sie ihr vor die Füße gelegt hatte, in der Hand haltend, zu ihnen ging, ihren Vater geschickt aus dem Revier lotste und dann mit leeren Händen zurückkehrte. Noch mehr allerdings wunderte die Katze sich, daß diese kurze Abwesenheit anschließend zu einem gesteigerten Höhepunkt des Abend wurde. Denn die Szene, die Fridjof seiner Freundin Irene machte, erschütterte die friedliche Familienfeier bis in die Grundfesten. Die Anklage der Untreue traf hingegen auch Herbert, der fassungslos vor seinem hysterisch kreischenden Weib floh, die eine Ziervase nach ihm warf, die an der Glastür zersplitterte, während der Luftzug, der entstand, als er ebendiese Tür hinter sich zuwarf, die Kerzenflamme mit einem trockenen Weihnachtsgesteck in Verbindung brachte und es entflammte. Es half auch das Glas Whisky nicht, das Armin zum Löschen darüber goß. Erst Rico schaffte es, die Flammen mit einem Sofakissen zu ersticken.

Fridjof hingegen verließ die Feierlichkeit mit der vernichtenden Bemerkung: »Und, Armin, wie ich gehört habe, wurde Ihr Vertrag mit der Zeitung ja auch nicht verlängert. Ein schönes Fest noch allerseits.«

Sigrid schlug dramatisch die Hände vor den Mund und stöhnte: »Aber Armin …!«

In dem allgemeinen Tumult klingelte abermals Dietrichs Handy, und diesmal traf sein Blick, als er zuhörte, Ferdi. Der junge Mann wurde, wie Mieze, die in Panik auf einen Schrank gesprungen war, erstaunt feststellen konnte, grün im Gesicht.

»Es sieht aus, als ob dein Vater diese Veranstaltung verlassen hat, Tonia!«

Rico warf das angesengte Sofakissen achtlos auf den Boden.

»Mich scheint er in der Aufregung auch vergessen zu haben.«

»Ich bringe dich nach Hause. Oder wo immer du hinwillst.«

»Danke, Rico. Aber nicht ohne diese Katze.«

Das häßliche Gesicht verzog sich zu einem diesmal sehr herzlichen Grinsen. Er bückte sich, um einen großen Karton aufzuheben.

»Dann wollen wir mal sehen, ob wir sie überreden können, hier einzuziehen.«

»Nicht, solange das Gekreisch anhält. Sie muß ja völlig verstört sein.«

Verstört war Mieze aber ganz und gar nicht. Im Gegenteil, sie nutzte die Gelegenheit, um endlich nach Herzenslust unbeachtet in den Papierbergen zu wühlen und Glitzerbändchen zu jagen. Dazwischen lagen unter anderem nun auch die Scherben der Ziervase, und genau dort fand sie dann etwas, mit dem man noch viel schöner spielen konnte. Das Tütchen mit dem weißen Pulver erregte ihre Neugierde, und sie warf es wie eine frisch gefangene Maus mit den Pfoten hoch, schubste es vor sich her und maunzte dabei voller Triumph.

»Was hat sie da nur?« fragte Tonia, und Rico, der ebenfalls auf Mieze aufmerksam geworden war, hielt kurz den Atem an.

»Ich denke, das ist etwas, was meinen Vater außerordentlich interessieren wird.« Er bückte sich und rief freundlich: »Miez, miez!«

»Moment mal!« unterbrach ihn Tonia. »Bieten wir ihr etwas Besseres.«

Sie schlüpfte in die Küche und klaubte eine der übriggebliebenen Lachsscheiben vom Teller. Die Verlockung erwies sich als bestechend, und Mieze ließ von dem Beutel ab, um das gebotene Leckerchen zu verputzen.

»Ihhh! Eine Katze!« quietschte Lyane auf, die sie beobachtet hatte, weil sie sich wegen ihres Niesens nicht an dem Tumult der anderen beteiligen konnte. »Warum habt ihr mir nicht gesagt, daß ihr eine Katze habt. Ich bin doch allergisch gegen Tierhaare!«

»Katze? Hier gibt es keine Katze!«

Sigrid wandte sich von Kerstin ab, die hysterisch schluchzend auf dem Sofa zusammengebrochen war.

»Und was ist das!« schniefte Lyane und wies niesend auf das graubraun getigerte Tier, das sich nach dem Genuß der gereichten Köstlichkeit die Schnurrhaare putzte.

»Wer hat das Viech mitgebracht? Du, Rico?« brüllte

Armin und machte einen drohenden Satz auf die Katze zu, die sogleich auf den höchsten Schrank flüchtete.

Rico grinste und sagte: »Nein, das war Ferdi.«

Armin wandte sich zu dem jungen Familienvater um, der eben versuchte, den Raum unauffällig zu verlassen.

»Wie kannst du …«, begann Armin zu toben, doch Henry, der sich aus den Tiefen seines Sessels aufrichtete, unterbrach ihn mit erstaunlicher Autorität in der Stimme: »Bevor du dich weiter aufregst, schließ bitte die Tür.«

Verdutzt gehorchte Armin, und Rico übergab seinem Vater das Päckchen, das er Mieze abgeluchst hatte.

»So etwas in der Art suchtest du doch, nicht wahr?«

Dietrich betrachtete die kleine Tüte mit dem weißen Pulver nachdenklich, griff zum Handy und sagte nur kurz zu jenen, die offensichtlich auf seine Anweisungen warteten: »Ihr solltet reinkommen.«

Es klingelte kurz darauf an der Tür, und zwei Männer in unauffälligem Zivil wiesen sich dem verblüfften Armin gegenüber mit ihren Dienstmarken aus.

»Ist es das, was ich vermute?« fragte Tonia, zu Rico gewandt.

»Ich glaube schon. Der saubere Ferdi steht schon seit einiger Zeit unter Verdacht, mit Heroin zu dealen. Das Speditionsgeschäft seines Vaters scheint sich dafür gut zu eignen. Es hat heute abend eine Razzia in einem Studentenheim gegeben. Sie waren ihm dicht auf den Fersen, hatten aber noch keinen Beweis. Dad dachte, es sei eine gute Idee, diese Einladung anzunehmen, um dem Bürschchen unauffällig auf den Zahn zu fühlen.«

»Daher seid ihr hier? Nicht wegen des Familiensinns? Wie prosaisch.«

Dann war alles ziemlich schnell zu Ende. Ferdi wurde verhaftet, Irene äußerte einige sehr giftige Bemerkungen über die junge, glückliche Familie, die Sigrid dazu brachte, schlichtweg in Ohnmacht zu sinken. Kerstin erholte sich, nachdem sie nicht mehr im Mittelpunkt des Geschehens lag, recht schnell von ihrer Hysterie und befahl ihrem Gatten Herbert mit einer Stimme, die ihm nichts Gutes verhieß, sie, Lyane und Maria-Henriette umgehend nach Hause zu fahren. Armin goß sich noch einen Whisky ein, trank ihn aus und stolperte schwankend aus dem Raum, Laurelita folgte ihm mit einem gekeuchten: »Aber Papa!«

Miriam sammelte ungerührt ihre Manuskriptseiten ein, verstaute sie ordentlich in der Aktentasche und fragte: »Kommst du mit uns, Rico?«

»Später. Ich habe hier noch zu tun.«

Es war still und bis auf den Schein zweier Kerzen auch sehr dunkel in dem verlassenen Wohnzimmer. Nur Tonia und Rico waren noch dort, saßen eng nebeneinander auf dem Sofa und warteten einträchtig darauf, daß Mieze sich endlich aus ihrem Versteck traute. Dabei schlich sich ganz beiläufig Ricos Arm um Tonias Nacken, und wie selbstverständlich legte sie ihren Kopf auf seine Schulter.

»Hast du eine Wohnung, in der du eine Katze halten kannst?« fragte Rico nach einer Weile.

»Es wird schwierig, aber es wird irgendwie gehen.«

»Meine Wohnung ist recht groß, und ich habe Zugang zu einem verwilderten Garten …«

»Dann wirst wohl besser du sie zu dir nehmen.«

»Ich würde dir gerne Besuchsrecht einräumen, Tonia. Jederzeit, sozusagen.«

»Mau!« sagte Mieze und hüpfte auf Tonias Schoß, während die sich langsam aus Ricos Umarmung löste. Noch einmal zuckte sie vorsichtig zurück, doch dann ließ sie sich von den zärtlichen Menschenfingern genüßlich streicheln. Sie hatte auch nichts dagegen, in der mit einer weichen Decke ausgepolsterten Kiste Platz zu nehmen, und blieb sogar sitzen, als der alte Mann in den Raum trat.

»Habe ich es mir doch gedacht, daß ihr noch hier seid. Ihr nehmt diese Katze mit?«

»Ja, natürlich, Großvater.«

»Das ist gut. Sie kam mit dem Christbaum her. Irgendwie muß sie mit ins Auto gesprungen sein, als Armin den Baum geholt hat.« Er beugte sich zu der Katze nieder und kraulte ihr das Fell zwischen den Ohren. Mieze schnurrte begeistert. »Bist ein seltsam kluges Geschöpf, Kätzchen.«

»Mirr!«

»Hier, mein Junge, dein Weihnachtsgeschenk. Sollte für Katzenfutter in der nächsten Zeit reichen.« Er drückte Rico einen Umschlag in die Hand und nickte Tonia zu. »Auf diese Weise kommen Sie ja doch in die Familie. Freut mich. Sie sind ein aufmerksames Mädchen.«

»Und Sie sind ein überaus aufmerksamer alter Herr.«

»Bin ich tatsächlich, meine Liebe. Besuchen Sie mich mit dem Jungen mal.«

Er humpelte ohne weiteren Gruß aus dem Raum, und Tonia fand Rico mit einem Blick, starr vor Staunen. Er hielt einen Scheck in der Hand und murmelte leise: »Das reicht aber für verdammt viel Katzenfutter.«

# Maria mit dem Katzenkind I

Bruder Anselm war zufrieden damit, im Kloster zu leben. Weder die Verpflichtung zu Keuschheit, Armut und Bescheidenheit noch die Frömmigkeit machten ihm zu schaffen. Er war einst verheiratet gewesen mit einer gutherzigen und fürsorglichen Frau namens Marie, die er, so er denn aus seinen Traumwelten einmal auftauchte, herzlich geliebt hatte. Doch sie war im Kindbett gestorben, zusammen mit ihrem kleinen, nicht lebensfähigen Mädchen. Anselm hatte sie auf seine Art betrauert – und danach hatte er keine Frau mehr angesehen. Zumindest nicht in sündigem Sinne.

Reichtümer spielten in seinem Leben ebenfalls keine Rolle. Er hatte immer ein Dach über dem Kopf gehabt, irgendwelche Kleidungsstücke anzuziehen und etwas zu essen. Sein Weib hatte sich darum gekümmert.

Bescheiden war er auch, und zwar so sehr, daß ihm nie bewußt wurde, wie groß seine Demut wirklich war. Fromm war er allemal. Auch wenn er nicht in Worten betete, sondern seinem Schöpfer auf andere Weise diente.

Anselm war ein Maler. Ein begnadeter Maler, dessen Werke so lebendig, tiefgründig und so zu Herzen gehend waren, daß jeder, der sie betrachtete, in seiner Seele berührt wurde.

Auch der Bischof.

Er hatte bei ihm ein Gemälde bestellt, genau zu der Zeit, als Anselm seine Frau verloren hatte. Die Himmelfahrt Mariens sollte es darstellen, und vielleicht war es die Trauer um seine geliebte Frau, weshalb ein Bild von so erhabener Schönheit entstand, das jeden Betrachter zu Tränen rührte.

Hingegen hatte der Bischof zunächst keine Zeit, es zu bewundern, denn als er den Maler aufsuchte, um das Werk abzuholen, fand er den Mann bewußtlos zwischen Farbtiegeln, Pinseln und Leinwand in seiner Werkstatt liegen. Der eilig herbeigerufene Apotheker stellte eine große körperliche Schwäche fest, die er mit einem kundigen Blick darauf zurückführte, daß Anselm in den vergangenen Tagen weder gegessen noch getrunken hatte. Völlig abgemagert, farbverschmiert und mit verfilzten Haaren, wie er war, betteten sie ihn vorsichtig auf sein Lager und versuchten, ihm ein wenig Milch einzuflößen.

Anselm wachte kurz auf, schluckte gehorsam die Flüssigkeit und murmelte leise: »Sie hat gesagt, ich solle ins Kloster gehen.«

»Wer, Meister Anselm?« fragte der Bischof sanft nach. »Wer hat es Euch gesagt?«

»Marie. Sie kam zu mir, als ich sie malte.«

Dann fiel er erschöpft in einen abgrundtiefen Schlaf.

Der Bischof zog die Decke über ihn und wandte sich dann erst dem Gemälde zu. Das gütige und liebreiche Gesicht der Madonna lächelte ihn aus der Höhe an, zu der sie sich mit Hilfe der Engel aufgeschwungen hatte. Vage erinnerte es ihn an die verstorbene Gattin des Malers.

»Wundervoll!« flüsterte er ergriffen. Dann begann er, weil er ein praktischer Mann war, verschiedene Dinge zu regeln. Als Anselm wieder aufwachte, lag er in einer kleinen, schlicht eingerichteten Zelle. An seinem Lager wachte ein Mönch in dunkler Kutte.

»Wo bin ich?«

»Im Kloster, mein Freund. Wie Ihr es gewünscht habt!«

»Ach ja, es war ihr Rat! Kann ich bleiben?«

»Natürlich.«

So wurde nach kurzer Zeit aus Meister Anselm der Laienbruder Anselm, und für ihn fing ein neues Leben an. Er fügte sich gerne dem geregelten Tagesablauf aus Arbeit und Gebet ein, aber der Abt, der seine große Gabe erkannte, hatte angeordnet, Bruder Anselm brauche, wann immer er in seine Malerei vertieft war, nicht an den Stundengebeten teilzunehmen. Hingegen hatte einer der Novizen die Aufgabe, ihn immer zu den Mahlzeiten ins Refektorium zu führen, damit er nicht vergaß zu essen.

Er hätte ganz zufrieden sein können, es wurde gut für ihn gesorgt, er durfte seiner künstlerischen Begabung folgen, man achtete ihn und begegnete ihm mit brüderlicher Zuneigung. Doch etwas fehlte in seinem Leben. Er wußte nicht recht, was es war, aber dann und wann bat er in seinen Gebeten, die er mit Vorliebe an Maria, die barmherzige Mutter, richtete, sie möge die Leere in seinem Herzen füllen.

Sie erhörte seine Bitte und erfüllte sie auf ihre Weise.

Bruder Anselm erging sich oft im Klostergarten, um sich an den Kräutern und Blumen zu erfreuen, die dann auf seiner Leinwand in ihrer ganzen Pracht erblühten. Hier begegnete er eines Tages einer graugetigerte Katze. Sie saß zwischen dem roten Mohn und den weißen Lilien und putzte sich sorgsam die Pfote. Als sie den leise auftretenden Maler auf sich zukommen sah, stellte sie die saubere Pfote auf den Boden und musterte ihn neugierig mit ihren grünen Augen. Sie war sonst eine scheue Gesellin, die gebührenden Abstand von den Menschen hielt und nur gelegentlich ein Häppchen aus der Klosterküche stibitzte, wenn die Mäuse allzu mager waren. Doch der sanfte Bruder, der nun vor ihr stehenblieb und seine Hand langsam nach ihr ausstreckte, schreckte sie nicht. Vorsichtig schnüffelte sie an seinen Fingern, die von wunderlicher Farbe und noch wunderlicherem Geruch waren. Sie ließ es sogar zu, daß er ihr sacht über die Stirn streichelte, genau da, wo sich das schwarze M zwischen den Augen bildete.

»Oh, jetzt habe ich einen roten Fleck in deinem Fell hinterlassen. Verzeih, Kätzchen. Ich wische ihn fort«, entschuldigte sich Bruder Anselm und versuchte mit dem Ärmel seiner Kutte die Farbe abzuwischen. Sogar das ließ sich die Grautigerin gefallen. Sie putzte allerdings energisch mit der Pfote hinterher, wie um anzudeuten, daß die menschliche Vorstellung von Reinlichkeit nicht grundsätzlich der ihren entsprach. Dann setzte sie sich wieder unter den Blüten zurecht und gab ein malerisches Bild ab. Versonnen blieb Bruder Anselm stehen und nahm ihre vollendeten Formen in sich auf.

»Ich würde dich gerne malen«, flüsterte er nach einer Weile. »Aber ob du auf dem Altarbild, das ich für die Kirche malen soll, einen würdigen Platz findest?«

Die Katze schnurrte, denn die Sonne wärmte ihren Pelz, und im Gegenlicht fingen sich ihre Strahlen in ihrem silbrigen Fell. Es schien dem Maler, als wäre sie von einem hellen Schein umgeben.

»Nun, wir werden es sehen, Minka. Du heißt doch Minka?« fragte Bruder Anselm, und die Katze, die zwar ihren eigenen Namen recht gut kannte, ihn aber niemals einem Menschen preisgegeben hätte, akzeptierte jenen, den der höfliche Mann für sie ausgesucht hatte. Sie sprang auf und strich ihm zustimmend schnurrend um die Beine.

In diesem Moment erkannte Bruder Anselm, was ihm gefehlt hatte und daß er nun etwas gefunden hatte, was die Leere füllte. Das Gefühl, das die Katze und ihn miteinander verband, hieß Zärtlichkeit. Er kniete nieder und streichelte den warmen Körper, während Minka ihren Kopf an seiner Kutte rieb.

Als er schließlich aufstand, um an seine Arbeit zurückzugehen, folgte ihm in einem vorsichtigen Abstand die graugetigerte Katze bis kurz vor den lichtdurchfluteten Raum, in dem seine Malutensilien standen.

Dort gab es drei große Holztafeln, die später einmal in einen dreiflügeligen Altar eingepaßt werden sollten. Die erste Tafel war bereits mit einer Grundierung versehen, und man konnte anhand der dünnen Linien der Vorzeichnung den Engel Gabriel erkennen, welcher der knienden Maria eine freudige Botschaft überbrachte.

An diesem Tag traute sich Minka noch nicht einzutreten. Es roch doch sehr seltsam in dem Gemach, und die Gefahr, sich an den bunten Töpfen schmutzig zu machen, erschien ihr recht groß. Außerdem wollte sie, wie es Katzenart ist, nicht aufdringlich sein.

Am folgenden Nachmittag aber, als Bruder Anselm wieder seine Runde durch den Garten machte, hatte sie sich neben dem duftenden, vor Bienen summenden Lavendel niedergelassen. Gewiß wirkte das graugetigerte Pelzchen zwischen dem Violett der Blüten und dem Graugrün der Blättern nicht ganz so dramatisch wie zwischen den roten und weißen Blumen am Vortag, doch Bruder Anselm lobte Minka erneut für die geschmackvolle Wahl ihres Ruheplatzes. Er hatte sich, in der Hoffnung, das Kätzchen zu treffen, sogar die Hände gründlich gereinigt, denn manche der Farben waren giftig. Sie ließ es sich daher auch gerne gefallen, daß er sie zwischen den Ohren kraulte und über den Rücken strich. Als er zurück in seine Werkstatt ging, folgte sie ihm bis kurz vor das Bild, an dem er arbeitete. Der Engel war inzwischen deutlich zu erkennen. Zumindest für den menschlichen Betrachter. Minka hingegen fragte sich ein wenig verwundert, warum der Mann mit der Lilie in der Hand Flügel wie ein Vogel hatte. Dann aber verlor sie gänzlich das Interesse an dem Gemälde, denn Bruder Anselm stellte ihr ein Schälchen mit fettem weißen Quark in eine fast ganz saubere Ecke. Mit hörbarem Genuß schleckte sie es leer, putzte sich noch einmal schnell über das Gesicht und trollte sich dann.

Am nächsten Tag regnete es, und Bruder Anselm, die Kapuze seiner Kutte tief über den Kopf gezogen, hielt vergeblich im tropfenden Grün des Gartens Ausschau nach Minka. Betrübt kehrte er zu seiner Malerei zurück und schloß die Tür hinter sich, denn es zog kalt und feucht in den Raum.

Und dann fand er sie.

Er hatte schon am Vortag dem Bruder Cellerar eine alte Kukulle abgeschwatzt und in die fast ganz saubere Ecke gelegt. Auf dieser grauschwarzen, ein wenig verschlissenen Decke ruhte Minka und war eigentlich nur durch das Funkeln ihrer Augen zu erkenne, die wie grüne Edelsteine aus dem Wollstoff hervorleuchteten.

»Sehr hübsch gewählt, Minka. Man kann auch mit kleinen Farbakzenten große Wirkung erzielen.«

Er stellte ihr wieder ein Schälchen vor ihr Lager, und sie genoß ihren kleinen Imbiß. Danach gähnte sie gewaltig und verschmolz mit der Decke. Doch Bruder Anselms Tätigkeit wurde von einem beständigen Schnurren begleitet.

Seit jenem Tag hatte Minka ihren festen Platz in seinem Arbeitsraum bezogen, und mit kritischem Blick verfolgte sie das Werden des Gemäldes. Da gab es jetzt ein hübsches Zimmer mit hohen Bogenfenstern zu sehen, aus denen das Licht auf die kniende Frau fiel, deren weites blaues Gewand in schimmernden Falten um sie gebreitet war. Goldene Locken flossen so lebensecht ihren Rücken hinunter, daß Minka einmal versuchte, sie mit der Pfote zu berühren. Irritiert war sie dann aber zurückgewichen, als sie nur das Holz spürte. Doch das Gesicht der Frau gefiel ihr weiterhin, denn es drückte eine freudige Hoffnung aus, die sich auf jeden Betrachter übertragen mußte. Nach ein paar Tagen jedoch fand Minka etwas Neues auf dem Bild, was sie noch mehr begeisterte. Unter dem königsblauen Kleid lugte ganz außen links im Bild der Kopf einer graugetigerten Katze hervor. Sehr deutlich blinzelten die grünen Augen dem Betrachter zu.

Der Sommer ging vorüber, der Herbst ebenfalls, und der Klostergarten wurde graubraun und unansehnlich. Trockene Halme, kahle Stengel und welke Blätter bedeckten die Beete, und der Bruder Gärtner schützte die Rosen mit Tannenreiser. Minka machte zwar noch immer ihre Streifzüge durch den winterlichen Garten und fing auch noch die eine oder andere Maus, aber sie verbrachte mehr und mehr Stunden in dem geheizten Raum, in dem Anselm malte. Das war nicht mehr so lange am Tag möglich wie im Sommer, wenn das Licht heller war, doch zumindest die Mittagsstunden nutzt er aus, um das erste Tafelbild zu vervollständigen. In der Dämmerung jedoch, wenn die Farben verblaßten und grau wurden, fand er Zeit, mit Minka zu sprechen. Er hatte es sich angewöhnt, sie auf den Schoß zu nehmen und ihr von den Bildern zu erzählen, die sich in seinem Kopf formten. Die Geschichten der Bibel stellten sich ihm immer als bunte Szenen dar, führten ihn in weite Landschaften oder in dunkle Verliese, über die tobenden Wasser des See Genezareth, in den ärmlichen, aber hell erleuchteten Stall von Bethlehem und auch auf den trostlosen Hügel des Kreuzes.

Minka hörte zu, schnurrte und sah in ihrem Herzen, was Bruder Anselm in dem seinen sah. Denn zwischen ihnen war ein silbernes Band geknüpft worden, wie es zwischen feinfühligen Menschen und Katzen oft entsteht. Minka folgte Bruder Anselm nun auch des

Nachts in seine Zelle und schlief an seiner Seite. Einige Brüder hatten abfällige Äußerungen dazu gemacht, aber der Abt erinnerte sie an die Lehren des heiligen Franziskus, und daraufhin schwiegen sie.

Im Frühjahr war die Verkündigung Mariens fertig geworden, und Bruder Anselm begann mit dem Mittelteil des Altars. Es war eine sehr viel größere Tafel, die er zu gestalten hatte, doch in den langen Wintertagen war ein großartiges Bild in ihm entstanden, das er zu malen gedachte. Der frühlingsgrüne Klostergarten lockte Minka und auch ihn aber immer wieder aus den Mauern, und zwischen blauen Veilchen und weißen Kleeblüten, unter den fedrigen Blättchen der Raute oder am Stamm des blühenden Apfelbaumes nahm die Katze immer wieder hübsche Posen ein, die den Maler entzückten.

Allerdings gab es da im Frühsommer eine kleine Unterbrechung seiner ruhigen Tätigkeit, denn an einem warmen Maitag empfing ihn Minka auf ihrer Decke maunzend und stolz mit drei kleinen Jungen, die sie geboren hatte. Mit unbeschreiblichem Staunen beobachtete Bruder Anselm, wie liebevoll und umsichtig die Mutter ihre Kleinen nährte, lehrte und erzog.

Während jener Zeit entstand das zauberhafte Gemälde, auf dem Mariens Mutter Anna mit ihrer Tochter Maria und dem kleinen Enkel inmitten einer frühlingshaften Landschaft beieinander saßen. Das kleine Kind aber spielte fröhlich mit einer graugetigerten Katze.

Der Abt fragte einmal, ob nicht ein Lämmchen von größerer symbolischer Bedeutung gewesen wäre, aber Bruder Anselm schüttelte nur mild lächelnd den Kopf.

Für ihn symbolisierte die Katze die umfassende mütterliche Liebe, und das war es, was er darstellen wollte.

Ein weiterer Winter kam und ging, und Bruder Anselm lag mit einer schweren Erkältung danieder. Minka wachte an seinem Bett, und wann immer er so weit bei Sinnen war, daß er sie erkannte, spürte sie seine fieberheiße Hand über ihren Kopf streicheln. Hin und wieder legte sie sich auf seine Brust und beruhigte sein hämmerndes Herz mit ihrem Schnurren. Dabei lauschte sie auf seine Gedanken, und die Bilder von Schmerz und Trauer, die seine Träume durchwebten, nahmen auch vor ihren Augen Gestalt an. Oft murmelte er vor sich hin, und es waren wohl Erinnerungen an sein einstiges weltliches Leben, die sie da hörte.

Es war schon Mitte des Sommers, als sich Bruder Anselm so weit erholt hatte, daß er mit der dritten Tafel des Altars beginnen konnte. Er arbeitete nur noch wenige Stunden am Tag, denn er hatte eine bleibende Schwäche zurückbehalten. Aber seine Spaziergänge durch den Klostergarten hatte er wiederaufgenommen, und auch Minka begleitete ihn, naschte gelegentlich ein paar Blättchen von der Katzenminze und bot ihm hübsche Motive zwischen den roten Gladiolen oder unter der üppigen Kapuzinerkresse mit ihren flammend gelbroten Blüten.

Doch mochte der Sommer auch voller leuchtender Farben sein, die Idee zu dem Gemälde, das er nun anfertigte, war in den dunklen Stunden der Krankheit entstanden. Maria, von Leid gezeichnet, hielt den blutenden Leichnam ihres Sohnes in den Armen. Eine brennende Sonne verlosch dahinter am schwarzbewölkten Horizont. Es mochte einem das Herz schier zerreißen, wenn man die stille Szene betrachtete. Nur einen Trost gab es darin. Eine kleine, graugetigerte Katze schmiegte sich an Mariens Seite, die Pfote sacht auf ihre Hand gelegt.

Die Jahre zogen dahin, Bruder Anselm vervollkommnete seine Kunst. Immer ausdrucksstärker wurden seine Bilder, immer tiefer verwob er die Symbole von Glaube, Liebe und Hoffnung in seine Werke. Doch brauchte er auch immer länger für die Gemälde. Maria an der Krippe schließlich war ein gewaltiges Epos aus goldenem Licht, und niemanden nahm es wunder, daß zwischen Esel, Kuh und Lamm auch eine Katze anbetungsvoll zu dem Kind aufschaute.

Minka lebte ihr Katzenleben an seiner Seite, auch sie wurde jedoch älter. An einem warmen Oktobertag vermißte Bruder Anselm sie und suchte sie im Garten. Dort fand er sie unter dem Rosenstrauch liegen. Ranken, schwer von blaßgelben Blüten in dunklem Laub, umgaben sie und dufteten im Herbstsonnenschein betörend. Doch als er Minka ansprach, hatte sie Mühe, sich zu erheben. Blicklos schauten ihre Augen in seine Richtung, und als sie einen wackeligen Schritt auf ihn zumachen wollte, versagten die Hinterbeine ihr den Dienst. Bruder Anselm fing sie auf und bettete sie in seine Arme. Noch hörte er ihr leises Schnurren, und langsam ging er mit ihr zwischen den Beeten auf und ab. Als der Abend sich senkte und die Glocke zum letzten Gebet rief, trug er sie in seine Zelle und bereitete ihr ein

Lager auf seinem Bett. Seine Gebete sprach er hier, auf Knien, eine Hand auf ihren schwachen, mühsam atmenden Leib gelegt. Dann machte er sich ein wenig Platz auf der schmalen Pritsche und hob seine Katze vorsichtig auf seine Brust. Die Ärmel seiner Kutte bedeckten sie und hielten sie warm. Mit seiner sanften Stimme sprach er leise auf sie ein, aber es war die Vision eines Gemäldes, das Minka als letztes in diesem Leben vor ihren blinden Augen sah, und sie nahm es mit als Erinnerung an eine zärtliche, grenzenlose Liebe.

Bruder Anselm sprach mit niemandem mehr, nachdem er Minka unter dem Rosenbusch begraben hatte. Er zog sich in seine Werkstatt zurück und ließ keinen der Mönche mehr dort eintreten. Es dauerte drei Monate, bis das Bild vollendet war, und als am Heiligen Abend der Abt selbst nach ihm schaute, um ihn zur Mette zu holen, da fand er Bruder Anselm zusammengesunken auf seinem Stuhl, Minkas alte Decke um sich gewickelt. Er atmete nicht mehr. Doch auf der Staffelei stand ein fertiges Bild. Es zeigte eine junge Frau inmitten eines Rosenhags, deren Gesicht von einer verträumten, innigen Zärtlichkeit erleuchtet war. Eine zarte Aureole umgab ihr Haupt, und in den Armen hielt sie – ein kleines, graugetigertes Katzenkind.

# Die Wunschkatze

Am Samstag vor dem vierten Advent fielen matschige Flocken vom Himmel, die halb gefroren in schlammigen Pfützen auf dem Boden liegenblieben. Dazu wehte ein scheußlicher, naßkalter Wind. Nina kuschelte sich tief in ihre Decken. Sie war froh, es warm und gemütlich zu haben, und aß einen Keks, um sich dann wieder in die spannende Lektüre um heldenhafte Ritter und liebliche Prinzessinnen zu vertiefen.

Ein kläglicher Hilferuf riß sie allerdings plötzlich aus den tiefsten Tiefen der Kristallhöhle, in der die junge Heldin soeben ihr unabwendbares Schicksal erfahren sollte. Leicht irritiert warf Nina einen Blick nach draußen und erkannte eine rosige Nase, die sich an die Scheibe ihres Fensters drückte. Unter dieser Nase öffnete sich ein mit scharfen Reißzähnen bewehrtes Mäulchen und stieß einen traurigen Jammerlaut aus.

Mit einem Satz war das Mädchen aufgesprungen und hatte das Fenster geöffnet. Herein schlüpfte eine weiße Katze – nun ja, weiß mochte sie vor geraumer Zeit noch gewesen sein, nun war ihr Fell naß und mit schlammigem Schmutz verklebt. Auf dem hellen Teppichboden hinterließ sie bei jedem Schritt einen dunklen, feuchten Fleck.

»Brrr, ist das fies kalt!« Nina schüttelte sich und

schloß das Fenster wieder. »Armes Kätzchen, hast du dich verlaufen?« fragte sie mitleidig. Dann eilte sie ins Badezimmer. Mit einem flauschigen Handtuch rubbelte sie das Tier ab, das sich zuerst abwehrend unter den energischen kleinen Händen wand, sich dann aber mit einem lauten Schnurren die Prozedur gefallen ließ. Danach war es wieder einigermaßen ansehnlich, sprang auf Ninas Bett und setzte das Putzen mit ihrer rosigen Zunge fort.

»Ich hole dir was aus der Küche, doch du darfst dich nicht erwischen lassen. Mam mag keine Tiere im Haus.«

Die Katze zwinkerte Nina mit einem ihrer glitzernden grünen Augen zu und schien zu verstehen. Die beiden Verschwörerinnen verbrachten einen angenehmen Abend und eine traumreiche Nacht zusammen, in deren Verlauf Nina zu der Erkenntnis gelangte, die Katze müsse Basti heißen.

Das Geheimnis wurde fast den ganzen nächsten Tag gewahrt, den Basti, bis auf einen kleinen Spaziergang der körperlichen Bedürfnisse wegen, in Ninas warmem Zimmer verbrachte. Doch der Sonntagnachmittag zerstörte die Idylle. Ninas Mutter Daniela entdeckte das schmutzige Handtuch. Sie stellte ihre Tochter zur Rede und befahl ihr, Basti, die jetzt schimmernd weiß und sauber auf dem Kopfkissen ruhte, sofort wieder nach draußen zu schaffen. Der Streit war häßlich und unangenehm. Er endete erst, als sich Besuch ankündigte.

»Wir unterhalten uns später noch darüber!« fauchte Daniela und verließ das Zimmer ihrer Tochter, um der Familie die Tür zu öffnen.

Nina seufzte und streichelte dann sanft die schöne

Basti, die sie mit einem verständnisvollen Blick und einem kleinen Zungenschlapp tröstete.

»Tante Bea und Onkel Bernd sind gräßlich, und die beiden Jungs, Rolf und Timo … Paß nur auf, daß sie dich nicht erwischen. Oma wird auch wieder nerven. Nur gut, daß Christina und ihr Freund auch kommen«, flüsterte das Mädchen Basti ins Ohr. Dann machte sie sich bedrückt auf, den Besuch zu begrüßen.

Das gemeinsame Kaffeetrinken wurde kein reines Vergnügen. Oma stichelte gegen Daniela, weil sie den Stollen gekauft und nicht selbst gebacken hatte, Tante Bea verbreitete sich über ihre Wehwehchen, Onkel Bernd gab mit seinem neuen Job an, Ninas Vater schimpfte mit den randalierenden Jungs, was als unerwünschter Eingriff in die Erziehungsmethoden gewertete wurde, und Christina und ihr Freund langweilten sich bis zum Gähnen und tuschelten am Kamin miteinander, was auch nicht gut ankam.

Schließlich entdeckte Rolf zu allem Überfluß Basti und zerrte sie am Schwanz, so daß sie laut maunzend ins Wohnzimmer floh und bei Nina Zuflucht suchte. So geriet das Streitthema Katze zum Familienthema, und Nina wurde immer kleiner und kleiner. Gerade als man ihr mit Gewalt das verschreckte Tierchen abnehmen und in die feuchtkalte, stürmische Dunkelheit hinausjagen wollte, geschahen zwei Dinge nahezu gleichzeitig.

Es klingelte an der Tür, und dann erloschen die Lichter.

Daniela, die zur Tür gegangen war, kam mit einer Dame herein, und in dem flackernden Licht der vier Adventskerzen und des Kaminfeuers erschien sie Nina wie eine Gestalt aus dem Märchen. Sie zwinkerte ungläubig. War das eine alte Frau oder eine junge? Als die Frau die Kapuze ihrer weißen Pelzjacke vom Kopf schob, enthüllte sie silbrige kurze Haare, doch ihr blasses Gesicht schien glatt und ohne Falten. Die dunkel umrahmten Augen erforschten den Raum und blieben kurz auf Nina ruhen, die mit Basti im Arm noch voller Abwehr in der Ecke stand. Beinahe unmerklich nickte die Fremde und bat dann mit weicher, tiefer Stimme: »Entschuldigen Sie mein Eindringen. Ich habe eine Panne, und mein Bekannter kommt mich erst in einer halben Stunde abholen. Es ist so schrecklich kalt draußen im Auto, und da hoffte ich, hier im Warmen eine Weile warten zu dürfen.«

Ihr Eintreten schien einen seltsamen Bann um die Bewohner gelegt zu haben. Jeder Streit war vergessen, alle schauten auf die schöne Frau.

»Aber selbstverständlich. Bitte setzen Sie sich doch! Wollen Sie ablegen?« fragte Ninas Vater und streckte die Hand nach der Jacke aus.

»Nein, nein, ich bin noch so verfroren ...« Sie nahm in der Nähe des Kamins Platz und rieb sich die kalten Hände.

»Ich würde Ihnen gerne noch ein heißes Getränk anbieten, aber mir scheint, der Strom ist wegen des Sturmes ausgefallen«, entschuldigte sich Daniela.

»Das macht nichts. Hier am Feuer wird mir sicher gleich warm. Es ist sehr lieb von Ihnen, mich einzulassen. Ich möchte mich bei Ihnen mit einer kleinen Geschichte bedanken. Man sagt ...«, sie lachte leise in sich hinein, »... ich könne recht gut erzählen.«

Nina, die zögernd, aber neugierig näher gekommen war, flüsterte begeistert: »O ja!« Auch die anderen sahen erwartungsvoll auf. Basti sprang aus dem Arm des Mädchens und legte sich der weißhaarigen Frau zu Füßen. Leise knisterte das Feuer, und die Flammen warfen lebendige Schatten an die Wände. Draußen rauschte der Wind durch die kahlen Zweige, ansonsten war alles still im Raum.

»Nun, dann bitte ich euch, mich zu begleiten, meine Freunde«, forderte die Fremde mit samtiger Stimme auf. »Es ist heute der Tag der Wintersonnenwende, an dem der Schleier zwischen den Welten besonders dünn und durchlässig sein soll. Darum schließt die Augen und laßt euch führen. Vor euch erkennt ihr einen verhangenen Durchgang. Wir wollen gemeinsam durch diese Tür gehen, und darum zieht vorsichtig den leichten Vorhang beiseite. Folgt mir, nur keine Angst. Ich bin bei euch. Seht, nun steht ihr auf einem grasbewachsenen Hügel. Die Sonne scheint warm, und kleine Wölkchen bedekken den Himmel. Vor euch führt eine bequeme, breite Treppe hinunter zum Fluß. Nur fünf Stufen sind es, die ihr hinabsteigen müßt. Stufen aus dunklem, feingemasertem Holz. Geht hinunter, es ist ganz leicht. Die oberste ist sonnenwarm, und kleine gelbe Blumen wachsen in den Ritzen. So, jetzt noch vier Stufen. Die nächste ist ein bißchen sandig, und ein Kieselstein kullert hinunter. Drei Stufen nun. Vor euren Füßen weht ein graues Federchen neben den Schalen eines gesprenkelten Vogeleis auf. Nur zwei Stufen noch. Ein abgebrochener Ast, angesengt an einem Ende, liegt dort, und ein wenig Asche wirbelt durch den warmen Wind. Die letzte Stufe ist erreicht. Sie ist feucht, der Fluß hat kleine Pfützen hinterlassen, in denen sich die träge dahingleitenden Wolken spiegeln.«

Nina sah alles ganz genau vor sich. Sie stand an den Gestaden eines Stromes, eines breiten, langsam und würdevoll fließenden Gewässers. Wellen leckten am schlammigen Ufer, und hohes Schilf raschelte in der Brise, die fedrigen Rispen neigten sich graziös im Wind. Ein breiter Nachen wartete auf sie. Ein Fährmann, schlank und dunkelhäutig, bat die Gesellschaft mit einer höflichen Handbewegung, sich darin niederzulassen. Er trug ein schlichtes Gewand und hatte eine sorgfältig geflochtene Frisur. Um seinen Hals lag ein breiter Kragen, zwischen dessen weißen und goldenen Fäden Türkise und Karneole schimmerten. Sie setzten sich und ließen sich von dem Fluß sachte wiegen. Ihr Fährmann tauchte die Ruder ein, und sie glitten über den majestätischen Strom. Die Sonne glitzerte auf den Ringen, welche die Ruder im grünen Wasser erzeugten. Ein paar Enten mit schillerndem Gefieder zogen schnatternd vorbei, silbrige Fische schwammen unter der Oberfläche dahin. Dunst verhüllte den fernen Horizont. Dann erwartete ein Landungssteg das Boot.

Menschen belebten das Ufer, edle, heitere Gesichter lächelten sie an, Blicke aus schwarzumrandeten Augen streiften sie flüchtig. Eine kleine Tigerkatze mit schwarzgrauem Fell schlich müßig herbei, Schwanz erhoben, die Ohren aufmerksam gespitzt. Sie umrundete schnurrend Ninas Beine. In ihrem rechten Ohr glänzte ein goldener Ring, und als sie sich aufsetzte, hob sie ihre Vorderpfote, wie um ihr zu winken. Dann sprang sie auf und nahm einen breiten, gepflasterten Weg. Immer wieder schaute sie über die Schulter zurück und vergewisserte sich, ob die Gruppe ihr auch folgte.

Die Fächer der Palmblätter spendeten wohltuenden Schatten. Farbenprächtige Schmetterlinge tanzten über blassen Blumen. Blühende Büsche säumten den Weg, von denen ein süßer Duft herüberwehte. Die graue Katze verschwand, als sie ein großes weißes Gebäude erreichten. Anmutig aufstrebende Säulen bildeten das Portal, und als sie eintraten, umfing Dämmer sie im Inneren. Es war hier wohltuend still. Aus den Öffnungen hoch oben an der Decke fielen breite Sonnenstrahlen herein, Bahnen aus Licht, in denen es wie Goldstaub flimmerte. Nina folgte zusammen mit den anderen schweigend dem Gang weiter in den Tempel hinein. Bilder und Inschriften schmückten die Wände. Die Säulen glichen aufstrebenden Lotuspflanzen. Ihre Blüten trugen hohe Gewölbe, die sanft erhellt wurden von dem Licht aus durchscheinenden Alabasterlampen.

Ein weiter Saal öffnete sich vor ihnen. Aus flachen, irdenen Schalen stieg der Duft von süßem Räucherwerk empor. Sein Rauch umwehte die golden beleuchtete Statue auf dem Podest. Alle hielten hier erwartungsvoll inne. Nichts bewegte sich außer den tanzenden, wirbelnden Schwaden, die sich in weiten Spiralen um die regungslose Gestalt zogen. Doch dann stiegen die grauen Schwaden auf, wurden dünner und dünner, und deutlich wurde hinter ihnen die Gestalt der Katzenköpfigen Göttin sichtbar. In ihrer einen Hand hielt sie das Sistrum, die andere war grüßend erhoben.

Noch schien sie leblos, lediglich sorgsam bearbeiteter

Stein. Aber dann begannen ihre Augen grün zu funkeln. Majestätisch neigte sie das weiße Haupt und hieß die Besucher gnädig willkommen. Ein Schnurren vibrierte durch den Raum, umhüllte sie mit Wohlwollen.

Die edle Herrin erhob ihre Stimme.

»Ich bin der Trost, die Kraft, die Stille
Ich bin der seidenweiche Wille.
Ich halte euch in meiner Tatze.
Ich bin die Katze.
Ich bin Bastet!«

Segnend hob Bastet ihre Hand, dann verhüllten sie wieder die Rauchschwaden. Die goldene Beleuchtung verblaßte, das Schnurren verhallte.

Nina drehte sich um, folgte dem Licht aus den hohen Fensteröffnungen und verließ den Tempel. Gemeinsam mit ihren Begleitern trat sie aus dem Zwielicht hinaus in die sonnige Welt, und über die breite Straße kehrten sie zurück zum Ufer des Flusses. Dort erwartete sie bereits der Nachen und der Fährmann. In seiner Obhut wurden sie sanft über die Fluten getragen. Sie durchquerten das raschelnde Schilf und hatten dann den Uferstreifen vor sich.

»Wir sind wieder zurück, meine Freunde«, sagte die Stimme der Erzählerin. »Und wir wollen jetzt gemeinsam die fünf Stufen emporsteigen. Die fünfte, feuchte Stufe, die vierte, auf der die graue Asche liegt, die dritte mit der Vogelfeder, die zweite mit dem Kieselstein und die erste mit den gelben Blumen. Die schleierverhangene Tür liegt wieder vor uns, doch bevor ihr in den Raum zurücktretet, dürft ihr jeder einen Wunsch äußern. Doch bedenkt ihn gut, denn was ihr wünscht, wird Bastet erfüllen!«

Nina war die erste, die mit ihrem Wunsch fertig war. Er war sehr einfach. Als sie die Augen aufschlug, lächelte die fremde Frau sie an: »Er ist schon erfüllt, Liebes«, sagte sie leise zu ihr.

Nach und nach lösten sich auch die anderen Zuhörer aus dem Bann der Erzählung und schüttelten das traumhafte Geschehen ab.

»Das war wundervoll!« Christina seufzte und hob den Kopf von der Schulter ihres Freundes. »Ich war so glücklich, daß ich mir gar nichts gewünscht habe.«

»Wie dumm von dir, Christina!« warf Tante Bea ihr vor. »Ich habe mir eine hübsche Summe Geld gewünscht. Das kann man immer gebrauchen.«

»Und ich mir einen Superschlitten. Unsere Karre hat wirklich ausgedient!« fügte ihr Mann hinzu.

Daniela sagte nichts, sondern besann sich auf ihre Gastgeberpflichten.

»Sie haben so wundervoll erzählt, möchten Sie nicht doch etwas trinken. Saft oder Wein vielleicht?« fragte sie die Fremde, die gedankenverloren Bastis weichen Bauch kraulte.

»Oh, wenn Sie etwas Milch für mich hätten, wäre ich Ihnen dankbar.«

»Ja, natürlich. Nina, geh in die Küche und hole der Dame bitte ein Glas.«

Nina sprang auf und brachte die Milch, aber bevor die Erzählerin selbst einen Schluck nahm, tauchte sie einen Finger in das Glas und streckte ihn Basti hin, damit die Katze ihn abschleckte.

Draußen ertönte eine Hupe, das elektrische Licht ging wieder an, der Kühlschrank brummte, und aus den Lautsprechern der Stereoanlage meldete sich der Nachrichtensprecher.

Alle blinzelten in die ungewohnte Helligkeit, und Nina, die nahe bei der Fremden stand, sah plötzlich in deren funkelnde grüne Augen. Es lag Schalk darin, als sie mit ihrer rosigen Zunge den kleinen Milchbart auf ihrer Lippe ableckte. Spitzbübischer Schalk! Da war Nina sich ganz sicher. Dann fiel wieder die damenhafte Maske über das schöne Gesicht, und die Kapuze wurde über die weißen Haare gezogen. Höflich bedankte sich die Besucherin und verabschiedete sich dann von Daniela mit den Worten: »Ein glückliches Haus, in dem eine Wunschkatze lebt. Sorgen Sie gut für das Tierchen.«

»Eine Wunschkatze?« fragte Daniela verdutzt.

»Sie werden schon sehen. Leben Sie wohl.«

Im Wohnzimmer redeten alle durcheinander, aber Daniela blieb ein wenig irritiert im Flur stehen.

Mit der ängstlichen Frage: »Mam, was ist?« riß Nina sie aus ihren Gedanken. »Bist du noch immer böse wegen der Katze?«

»Nein, Nina. Ich weiß nicht, irgendwie schien die Dame auch der Meinung zu sein, wir sollten sie behalten. Würdest du dich denn um sie kümmern?«

Nina strahlte. »Das war mein Wunsch, Mam. Und was hast du dir gewünscht?«

Zärtlich und ein wenig ungläubig sah Daniela ihre Tochter an. »Ach, nichts.«

»Doch, Mam, du hast dir was gewünscht. Komm, sag schon.«

»Ja, sag es uns, Daniela!« bat nun auch Ninas Vater, der auf der Suche nach den beiden in den Flur getreten war.

Daniela zuckte mit den Schultern und gestand: »Na ja, ich habe mir Glück und Gesundheit für euch beide gewünscht.«

»Nichts für dich, Mam?«

»Das habe doch ich getan, Nina«, sagte ihr Vater. »So, und jetzt ins Warme mit euch. Unsere Katze vermißt euch schon!«

Ja, die Wünsche gingen in Erfüllung.

Tante Bea bekam viel Geld – Schmerzensgeld. Und Onkel Bernd ein neues Auto – die Versicherung zahlte es. Denn auf dem Heimweg wurden beide in einen üblen Unfall verwickelt.

Und Nina ist ein fröhliches, gesundes Mädchen, geborgen in einer glücklichen Familie mit einer strahlendweißen Katze.

# Willßte Szoff?

Der 23. Dezember war ein unmöglicher Termin für diese Besprechung, aber mein Chef wollte dieses Geschäft unbedingt noch vor Weihnachten abschließen. Darum nahm ich morgens den Zug, um mich der letzten Verhandlungsrunde zu stellen. Wohlweislich fuhr ich mit der Bahn, denn es waren Schnee und Eis angekündigt, und im Vorweihnachtsverkehr stundenlang im Stau zu stehen, wollte ich mir wirklich nicht antun. Selbst wenn es kein besonders anheimelndes Fest für mich werden würde, seit Carola mich verlassen hatte. Arbeit stand an, und als ich an dem Bürogebäude mitten in der Stadt ankam, fielen die ersten Flocken vom Himmel.

Die Verhandlungen verliefen zäh, unergiebig und ermüdend. Gegen zehn Uhr abends vertagten wir uns auf den nächsten Morgen. Mochte es auch der Heiligabend sein, das Geschäft mußte zu Ende gebracht werden. Als ich aus dem Fenster in die erleuchtete Stadt schaute, konnte ich zu meinem Erstaunen feststellen, daß die Welt in einer Eiskatastrophe versunken war.

Immerhin war Thomas Markmann, der Geschäftsführer und mein härtester Verhandlungspartner seit Zeiten, so mitfühlend, mich zu fragen, ob ich eine Unterkunft habe. In diesem Augenblick glaubte ich noch fest daran. Eine halbe Stunde später war dieser Glaube gründlich erschüttert. Mein Zimmer war bereits vergeben, das Hotel aufgrund der Wetterlage vollständig belegt.

So stand ich also, den Kragen meines Mantels hochgeschlagen und mit dem Koffer in der Hand, frierend vor dem Eingang und wartete auf ein Taxi, in der Hoffnung, in einem anderen Haus noch ein Zimmer zu finden. Auf der vereisten Straße rollte der Verkehr im Schneckentempo. Fröstelnd und mit eisigen Füßen sah ich mich um. Erstaunlicherweise saß eine getigerte Katze unter dem mit vielen Lichtern geschmückten Tannenbaum neben der Einfahrt zur Tiefgarage. Sie putzte sich mit sichtlich ungehaltener Miene die Pfoten.

»Ein Hundeleben, bei dem Wetter ohne Obdach zu sein, was?« sagte ich zu ihr. Sie blickte mich mit ruhigen grünen Augen an. Ich hob langsam die Hand, um zu sehen, ob sie sich streicheln ließ. Ich mag Katzen und hätte gerne selbst eine gehalten, doch mein Job war zu zeitintensiv und führte mich oft tagelang von zu Hause fort. Diese Katze jedoch schien zutraulich zu sein. Sie zuckte nicht zurück, als meine Finger sich ihr näherten, ja, sie kam mir sogar mit dem Kopf ein Stück entgegen und rieb sich dann schnurrend an meiner Hand.

»Wahrscheinlich hast du sogar ein Heim und ein warmes Körbchen und machst nur gerade deinen Kontrollgang durch das Revier. Bist du die Hotelkatze? Wohlgenährt siehst du schon aus. Könntest du mir nicht deine Schlafstelle für heute nacht abtreten?«

»Mirrr!« sagte sie und richtete sich plötzlich auf. Mit einer herrischen Gebärde hob sie die Pfote, als ob sie jemandem winken wollte.

»Sie warten auf ein Taxi?« fragte eine Männerstimme neben mir.

Ich atmete erleichtert auf, als ich den Fahrer eines weißen Autos neben mir stehen sah.

»O ja, das tue ich. Können Sie mich zu einem Hotel oder einer Pension bringen, die noch ein Zimmer frei hat? Die Lage scheint heute ein wenig angespannt zu sein.«

»Wenn Sie nichts dagegen haben, etwas weiter draußen in den Vororten Unterkunft zu nehmen. In der Stadt geht nichts mehr.«

»Ist mir egal. Hauptsache, ich finde ein warmes Zimmer und muß nicht in der Kälte unter der Brücke schlafen.«

Der Mann lachte mitfühlend und legte mein Gepäck in den Kofferraum. Ich verabschiedete mich mit einem Zwinkern von der Katze und stieg ein.

Die Fahrt schien mir nicht sehr lange zu dauern, aber das lag wohl daran, daß ich in der Wärme des Fahrzeugs ein wenig eingedöst war. Wir hielten vor einem niedrigen, frei stehenden Haus, soweit ich es in der Dunkelheit erkennen konnte. Die Gegend war nur spärlich bebaut, große, alte Gärten mit hohen Bäumen trennten die einzelnen Gebäude der Straße.

»Feliday Inn. Es ist zwar schon spät, aber ich kenne die Besitzerin. Warten Sie einen Moment. Ich spreche mit ihr.«

Der Eingang war nur von einer kleinen Lampe beleuchtet und schien mir weniger eine Rezeption als eine große Diele zu sein. Sie war zu dieser Zeit menschenleer. Lediglich zwei gelangweilte Siamkatzen sahen mich von dem Sessel aus hochmütig an, auf dem sie geruht hatten. Wahrscheinlich handelte es sich um eine kleine, private Pension mit wenigen Zimmern, aber ich war inzwischen so erschöpft, daß es mir völlig gleichgültig war, ob ich das Zimmer mit drei weiteren Reisenden, zwei Katzen oder einer ausgewachsenen Elefantenkuh teilen mußte. Ich wäre auch mit einer Rumpelkammer zufrieden gewesen und hätte anstandslos zwischen Putzlumpen und Kehrichtschaufeln geschlafen. Es kam jedoch viel besser. Der Taxifahrer tauchte wieder auf, nahm einen Schlüssel aus einem Fach und meinte: »Den Gang entlang, letztes Zimmer rechts. Wann soll ich Sie morgen früh abholen?«

»Um halb neun, wenn es geht.«

Ich gab ihm ein angemessen großes Trinkgeld, und er brummte zufrieden.

Das Zimmer war klein, aber lauschig mit schlichten, etwas abgenutzten Holzmöbeln eingerichtet. Pastellfarbene Gardinen und ein fröhlich gemusterter Bettüberwurf schufen eine freundliche Atmosphäre. Einzig das wie ein Korb geformte Bett mit einer Umrandung aus Weidengeflecht war für ein nüchternes Hotelzimmer ungewöhnlich verspielt. Ebenso die beiden kleineren Körbchen, die am Fußende standen. Dann fiel mir ein, daß es sich bei dem Hotel wohl um ein Etablissement handeln mochte, das den Gästen gestattete, ihre Haustiere mitzubringen. Ich hatte davon gelesen und erklärte mir damit auch die zwei Katzen, die ich unten gesehen hatte. Es gab selbstredend ein Badezimmer, und nach einer heißen Dusche hatte ich endlich wieder das Gefühl, nicht mehr durchgefroren zu sein. Ich trocknete mir noch die Haare mit dem flauschigen Handtuch, als es an der Tür klopfte und eine junge Stimme rief: »Futter, der Herr?«

Nun ja, studentische Hilfskräfte neigen manchmal zu solchen originellen Formulierungen, die in der genormten Gastlichkeit der Hotellerie eher ungewöhnlich waren.

»Gerne!« rief ich durch die Badezimmertür zurück und hörte, wie ein Tablett mit einem leisen Klirren abgestellt wurde. Sehr mitfühlend gedacht von der Besitzerin. Ich war hungrig, und auch wenn zu dieser Stunde nur ein kalter Imbiß serviert wurde, so war ich doch dankbar dafür.

Es war ein Teller Sashimi, roher Fisch also, ein Schüsselchen Würzsoße und ein Glas Milch. Eine ausgefallene Zusammenstellung, aber durchaus wohlschmekkend und sättigend. Ich aß den Teller mit Behagen leer und trank auch die Milch aus. Dann sank ich in das weiche Korbbett.

Ich mußte eingeschlafen sein, sobald ich die Decke über mich gezogen hatte. Warum ich dennoch plötzlich aufwachte, verstand ich nicht. Vielleicht ein ungewohntes Geräusch, ein Klappern der Fensterläden oder ein Knacken der Fußbodendielen. Auf jeden Fall war ich hellwach und mir meiner Umgebung überaus deutlich bewußt. Es war erstaunlich hell in dem Zimmer, obwohl nur das Licht einer schmalen Mondsichel durch das Fenster fiel. Der Eisregen hatte aufgehört, und ein kräftiger Wind scheuchte Wolkenfetzen über den Sternenhimmel. Ich schob die Decke zur Seite und wollte die

Vorhänge zuziehen. Doch als ich den Arm hob, stellte ich verdutzt fest, daß ich vollständig angekleidet war. Dabei war ich mir doch ganz sicher, den dunklen Anzug und das Hemd ausgezogen zu haben, weil ich doch geduscht hatte. Aber es leuchteten eindeutig weiße Manschetten unter den Jackenärmeln hervor.

Jackenärmel? Manschetten? Hände?

O mein Gott, nein, das war etwas ganz anderes! Das waren pelzige Tatzen, auf die ich verstört blickte. Weiß vorne, mit spitzen Krallen, dann schwarz. Ich wollte aufspringen und zum Spiegel gehen – und fiel erst einmal platt auf den Bauch. Auf zwei Beinen zu gehen war mir nicht mehr möglich. Gedemütigt richtete ich mich auf allen vieren vorsichtig auf. Dann setzte ich behutsam eine Pfote vor die andere – eine Art der Fortbewegung, die ich nach der Zeit als Kleinkind vor gut dreißig Jahren nicht mehr gepflegt hatte. Unbeschadet erreichte ich die Kommode, über der ein runder Spiegel hing. Hoch oben, über mir. Sehr weit oben, wenn ich es recht betrachtete. Doch ich mußte Gewißheit haben. Ich hangelte mich mit Hilfe der beiden vorderen Pfoten, die mir die Hände ersetzten, an einem der Schubladengriffe auf die Beine. Meine Nase erreichte so etwa die Höhe der Abdeckung. Ein Versuch, Halt mit einem Fuß zu bekommen und hinaufzuklettern, scheiterte kläglich. Einen Moment später lag ich wieder flach auf dem Bauch. Bevor ich mich weiter vor mir selbst blamierte, mußte ich wohl dem Unwahrscheinlichen ins Auge sehen. Ich machte Bestandsaufnahme.

Schwarzes, glänzendes Fell, jedoch weiße Handschuhe an den Vorderpfoten und, soweit ich es durch das erkennen konnte, auch ein weißer Latz unter dem Kinn. Ein prächtig durchtrainierter Körper. Kein Gramm Fett zuviel, und dem Gefühl nach, wenn ich mich bewegte, sowohl kräftig als auch gelenkig. Zahlte es sich in dieser irrwitzigen Situation etwa aus, daß ich meine wenigen freien Stunden zum Ausgleich zu meiner sitzenden Tätigkeit im Fitneßstudio verbrachte? Ich reckte mich und fand Genuß daran. Vielleicht würde ein gezielter Sprung mich auf die Kommode befördern. Die Höhe wirkte aus meiner Perspektive gewaltig, also brauchte ich wohl einen gebührenden Anlauf. Ich zog mich also in die entgegengesetzte Ecke des Zimmers zurück, lief los, setzte zum Sprung an – und schlug mit der Nase über dem Spiegel an die Wand. Im Fallen noch bemerkte ich, wie mein Körper sich drehte, und vollkommen verblüfft fand ich mich auf meinen … vier Pfoten wieder.

Energieeinsatz und Kraft schienen sich in einem völlig ungewohnten Verhältnis zueinander zu befinden. Das nächste Mal dosierte ich meine Leistung vorsichtiger und kam, wenn auch etwas wackelig, wirklich auf der Kommode an. Hier stellte ich mich meinem Schicksal: Ein schwarzer Kater mit glitzernden, bernsteinfarbenen Augen und peitschendem Schwanz sah mir aus der Spiegelfläche entgegen. Ich riß vor Staunen den Mund auf und schreckte vor den mörderischen Reißzähnen zurück, die dabei entblößt wurden. Schnell schloß ich das … Maul wieder. Dann machte ich einige einfache Bewegungen, und das Mondlicht schimmerte auf dem seidigen Fell. Wäre ich nicht persönlich betroffen gewesen, hätte ich den Kater im Spiegel für ein hinreißend schönes Tier gehalten.

Aber ich war doch ein Mensch!

Oder?

Träumte ich?

Ich kratzte mich am Ohr – mit der Hinterpfote. Ich fühlte die Krallen auf dem Fell, aber selbst in meinen besten Zeiten war es mir als Mensch und Mann nicht vergönnt gewesen, mich mit dem Fuß am Ohr zu kratzen.

Panik kroch in mir hoch. Was hatte diese Verwandlung bewirkt? Würde sie rückgängig zu machen sein? Gnädiger Himmel, ich konnte doch nicht als Katze weiterleben. Ich hatte noch viele wichtige Aufgaben zu erledigen …

Hektisch sprang ich von dem Möbelstück wieder hinunter und raste durch das Zimmer. Ich wollte hier raus, Hilfe suchen! Ich sprang an die Tür, doch auch wenn ich die Klinke erreichte, so gab sie doch nicht nach. Verdammt, es mußte einem so großen Kater wie mir möglich sein, eine einfache Tür zu öffnen. Ich kratzte an der Türfüllung und am Rahmen, rammte die Schulter dagegen, hängte mich noch einmal an die Klinke – bis mir in meinem angstumnebelten Hirn klar wurde, daß ich als Mensch zuvor das Zimmer abgeschlossen hatte. Der Schlüssel steckte. Ihn umzudrehen war mir allerdings mit meinen neuen Körperteilen nicht möglich. Frustriert stand ich vor der Tür und machte mir mit einem zornigen Schrei Luft.

Alle Wetter, war das ein Geräusch!

»Psst, nicht so laut! Du weckst ja das ganze Haus auf!«

Ich fuhr, wie von der Tarantel gestochen, herum. Aus der Katzenklappe, die in die Wand eingelassen worden war und die ich in meiner Panik bisher übersehen hatte, trat ein Geschöpf mit unnachahmlicher Grazie in den Raum.

»Willkommen in Feliday Inn. Ist irgend etwas nicht zu deiner Zufriedenheit?«

Die Katze war unbeschreiblich schön. Ihr Fell schimmerte in rötlichen, dunkelbraunen und cremeweißen Schattierungen wie glattpoliertes Schildpatt. Es war etwas länger als meines und sah seidenweich aus. Ihr rechtes Hinterpfötchen allerdings war bis über die Zehenspitzen fast weiß. Ihre Nase mußte man wohl als recht klein bezeichnen, was ihr einen liebenswerten Zug verlieh. Die Schnurrhaare waren eigentlich schwarz, nur die Spitzen waren weiß und bebten vor Vergnügen. Ihre Augen aber waren bezwingend – riesengroß und leuchtend grün und wirkten mit ihrer dunklen Umrandung wie sorgfältig geschminkt.

»Äh ...«, begann ich, weil mir nicht mehr so recht einfiel, ob irgend etwas nicht zu meiner Zufriedenheit war.

»Du hast das Futter bekommen? Es war genehm?«

Futter? Ach ja. Fisch und Milch. Großer Gott, was hatte man mir in die Milch getan? Oder war der Fisch verdorben gewesen?

»Du mußt keine Bedenken haben, hier gibt es immer nur ganz frische Nahrung. Schau nicht so grimmig drein! Ich bin übrigens Shameena. Ich wohne hier.«

»Ich – na ja, ich heiße Richard. Bis vor kurzem war ich noch ein Mann.«

»Mir scheint ...«, ein kecker Blick streifte meine Gestalt, »... das bist du noch.«

Kann es sein, daß auch Kater eitel sind? Ich fühlte mich geschmeichelt und irgendwie mit meinem Schicksal versöhnt. Shameena kam etwas näher und noch näher, und dann war sie ganz nahe. Leicht berührte ihr braunes Näschen meine Schnauze, und ich nahm ihren Geruch wahr. Ein wenig schwindelig setzte ich mich auf die Hinterpfoten.

»Es ist ein bißchen schwierig für dich, nicht wahr? Laß dir von mir helfen, Richard. Das eben war die übliche Form der Begrüßung unter Freunden.«

Ich starrte sie an. Mehr steckte also nicht dahinter.

»Und dieses Starren, mein Lieber, würde als grobe Unhöflichkeit aufgefaßt. Ja beinahe als Drohung.«

Ich schlug die Augen nieder. Stimmt, Katzen liebten es nicht, intensiv angesehen zu werden.

»So ist es viel besser.« Shameena setzte zu einem eleganten Sprung an und landete in den weichen Kissen. »Komm, wir können ein wenig gemütlich plaudern, wenn du magst.«

Ich machte einen Satz und wäre beinahe auf der anderen Bettseite wieder abgestürzt.

»Nicht so stürmisch, Richard.«

Eindeutig, diese Katze konnte kichern. Und könnte ein schwarzer Kater rot werden, hätte sich mein Fell jetzt in Scharlach verwandelt. Shameena blinzelte mir zu, als ich mich endlich niedergelassen hatte.

»Shameena, was ist mit mir passiert?«

»Ein Wunder, Richard. Nur ein kleines Wunder.«

»Wird das so bleiben?«

Sie legte ihren Kopf schief und wollte gerade eine Antwort geben, als ein grelles Kreischen vor dem Fenster ertönte. Schon war sie auf den Pfoten und fauchte: »Mirko! Verdammt!«

Sie sprang zur Katzenklappe und stieß den Kopf dagegen. Ich raffte mich auf und lief ihr nach. Nur noch ihr Schwanz hing im Zimmer, der Rest war schon draußen und stieß laute Verwünschungen aus. Dann verschwand auch noch der Schwanz. Ich drückte meinen Kopf an die Klappe, und sie schwang auf. Eisigkalte Luft traf mich, und auf dem nassen Boden wäre ich beinahe ausgerutscht. Die schöne Kätzin stand am Ende einer gefliesten Terrasse und bewegte suchend ihren Kopf hin und her, wobei sich ihre Ohren nach allen Richtungen drehten.

»Was ist passiert, Shameena?«

»Mirko, mein Sohn! Er ist schon wieder alleine losgezogen. Dabei weiß er ganz genau, daß jetzt die Revierzeit von Wingo ist.«

»Ist das schlimm?«

»Wingo ist ein Schläger.«

»Wo ist dein Sohn?«

Wieder zerriß ein schriller Schrei die nächtliche Stille, und ein tiefes, drohendes Brummen folgte.

»Da!«

Shameena rannte los, ich folgte ihr, in einem Teil meines Bewußtseins darüber verwundert, wie mühelos sich mein Körper bewegte. Dann sah ich zwei Katzen, die miteinander kämpften.

Wingo war ein Grautiger von massiger Gestalt. Er prügelte auf ein kleines, schwarzes Etwas ein, das sich verzweifelt aus der Reichweite seiner Krallen zu bewegen versuchte. Shameena sprang dem Getigerten in den Nacken, wurde aber lässig abgeschüttelt. Auch sie kreischte und versuchte erneut, ihm einen Hieb auf die Ohren zu versetzen.

Ich kann Schlägereien nicht leiden, aber vor allem hasse ich es, wenn Stärkere sich an Schwächeren vergreifen. Und ganz und gar unmöglich finde ich es, wenn Männer Frauen und Kindern verprügeln. Ich wurde überaus wütend, als ich sah, wie der kleine Kater ins Gebüsch flog und seine Mutter nur knapp einem Schlag ausweichen konnte, der sie fast ein Auge gekostet hätte.

Kurz entschlossen wagte ich mich vor und sprang. Vermutlich war es mehr Glück als Können, aber ich landete dem Schlägertypen im Genick. Er stieß einen Fluch aus und wand sich unter meinem Griff wie eine Schlange. Nachdem er sich befreit hatte, baute er sich vor mir auf. Seine gelben Augen versprachen mir Tod und Verderben. Ein urtümliches Geräusch erfüllte meine Kehle, ein Grollen, das sich durch alle meine Nervenfasern hindurch fortsetzte und meine Muskeln zum Vibrieren brachte. Er fixierte mich, und ich wußte, daß sein Angriff erbarmungslos sein würde. Zum Planen und Denken blieb keine Zeit. Die Krallen ausgefahren, kam er auf mich zu, kreischend und fauchend. Ich wich aus, sprang zur Seite, nutzte meine Wendigkeit und versuchte den scharfen Tatzen zu entgehen, doch ohne Hoffnung, ihn besiegen zu können. Vielleicht jedoch würde Shameena ihren Sohn in Sicherheit bringen können. Nur das war jetzt in meinen Gedanken.

Wingo war schnell, aber er war auch blind vor Wut. Also verlockte ich ihn zu einer Verfolgungsjagd. Das Haus besaß einen riesigen Garten, und ein Stück unterhalb der Terrasse breitete sich im Mondlicht die grauweiße Fläche eines halb zugefrorenen kleinen Teiches aus. Ich raste darauf zu. Wingo hetzte mir nach. Aus dem Gebüsch sprang ihm Shameena in den Weg, er rempelte sie einfach um, aber sie verschaffte mir damit einen Vorsprung. Ich umrundete den Teich, setzte mich auf der anderen Seite abwartend hin und gab Schmähworte von mir, von denen ich bislang nicht gewußt hatte, daß sie zu meinem Vokabular gehörten.

Er tat wie erwartet – und versuchte die Abkürzung zu nehmen!

Das Eis am Rand hielt, aber seine Pfoten fanden keinen Halt mehr. Schleudernd rutschte er über die glatte Fläche, näherte sich der Mitte, wo die dünne Eisschicht brach.

Wingo tauchte ab.

»Weg hier, Richard!« befahl Shameena und stupste den Kleinen unter dem Zaun durch. »Besser zu den Nachbarn als zurück.«

Wir eilten durch kahles Gebüsch und abgedeckte Rosenrabatten hindurch zu dem Haus, wo meine Führerin ebenfalls eine Katzenklappe fand. Wieder wurde der protestierende Kleinkater mit sanfter mütterlicher Gewalt hindurchgeschoben, ich hingegen folgte ihr freiwillig. Wir befanden uns in einem warmen Raum, der eine Waschmaschine, ein Bügelbrett und einige Körbe mit ordentlich gefalteter Wäsche beherbergte.

»Gut gemacht, Richard!« lobte mich Shameena und begann sich das Fell mit der Zunge zu bürsten. Sie sah etwas zerrauft aus, aber noch viel strubbeliger wirkte Jung-Mirko. Er mochte angeschlagen sein, dennoch musterte er mich unentwegt mit funkelnden grünen Augen.

»Was will 'n der hier, Ma?«

Shameena unterbrach die Körperpflege. »Richard ist ein Freund von mir. Er hat dir geholfen, also sei nicht unhöflich.«

Der Kleine war schwarz, genauso schwarz wie ich, und er hatte ebenso einen weißen Latz und weiße Pfötchen. Allerdings trugen auch seine Hinterbeine weiße Kniestrümpfe. Riesengroß standen seine Ohren vom Kopf ab. Er war etwa so lang wie seine Mutter, doch erheblich schmaler. Sozusagen eine halbe Portion auf staksigen Beinen. Besorgniserregenden Schaden schien er nicht erlitten zu haben, er sprühte geradezu vor Mutwillen. Auf seinem mageren Hintern sitzend, stemmte er die Vorderpfoten breitbeinig auf den Boden und starrte mich herausfordernd an: »Willßte Szoff?«

»Mirko!« mahnte Shameena.

Mir tat der Kratzer an meinem Ohr weh, und nach der Anstrengung der letzten Stunde war mir wirklich nicht nach einer Katzenbalgerei.

»Nein!« sagte ich deshalb kurz angebunden.

»Bestimmt nich?«

»Nein!« wiederholte ich noch bestimmter und begann ebenfalls, mich zu putzen. Man muß Kindern nur energisch seinen Standpunkt klarmachen.

»Ich aber!«

Im nächsten Augenblick flog der Kleine auch schon auf mich zu. Er prallte gegen mich, so daß ich auf den Rücken fiel. Dann hockte er sich auf meine Brust, klammerte sich mit den Vorderpfoten an meinen Hals und trampelte wie verrückt mit den Hinterbeinen auf meinem Bauch herum.

»Mirko!«

Shameena packte ihn im Nacken, und wenn er auch zu groß war, um noch im Tragebiß angehoben zu werden, so schien er das Gefühl doch mit mütterlicher Autorität zu verbinden. Das Trampeln hörte auf, und er gab meinen Hals frei. Beleidigt zog er sich auf einen Stapel frischgewaschener Handtücher zurück und begann mit seiner Katzenwäsche.

»Wo sind wir hier eigentlich? Gibt es hier auch eine Katze?«

Ich deutete auf die Klappe.

Meine Begleiterin hatte plötzlich einen seltsam traurigen Zug um ihre Augen.

»Die Leute hier hatten eine Katze. Sie starb vor ein paar Wochen. Ganz plötzlich.«

»Eine Freundin von dir?«

»Ein Freund. Mirkos Vater …«

Shameena drehte sich um und schleckte dem Kleinen rauh, aber liebevoll die Ohren ab.

Ich kümmerte mich um meinen Pelz.

Nach einer ganzen Weile, in der es sehr still in dem Raum gewesen war, hörte ich plötzlich die quietschige Stimme von Mirko.

»Ma, ich hab' Hunger!«

»Na dann komm!«

Shameena sah mich an und nickte aufmunternd. »Die Leute stellen noch immer Futter hin. Sie wissen, daß ich manchmal vorbeikomme. Magst du auch was?«

Ich hatte tatsächlich Hunger, aber ob ich Katzenfutter mögen würde? Nun ja, sehr viel schlimmer als menschliches Dosenfutter würde es wohl auch nicht sein. Wahrscheinlich konnte ich von Glück reden, nicht darauf angewiesen zu sein, eine fette, saftige Maus verspeisen zu müssen.

Die Tür war nur angelehnt, und mit einem geschickten Manöver ihrer Pfoten öffnete meine Führerin sie für uns. Die Bewohner des Hauses schienen in tiefem Schlaf zu liegen, es war bis auf die nächtlichen Stimmen von Kühlschrank und Wanduhr und dem leisen Gurgeln eines Heizkörpers nichts zu hören. Wir befanden uns in einem sehr stilvoll eingerichteten Haus mit dicken, weichen Teppichen, gepflegten alten Möbeln und einladenden Polstersesseln. Jemand hatte einen riesigen Adventskranz über dem Eßtisch aufgehängt, in zwei Bodenvasen steckten geschmückte Tannenzweige, und vor dem Kamin standen vier Kerzen in hohen Leuchtern. Mirko schien sich ebenfalls auszukennen, er raste auf die Frühstückstheke zu, umrundete sie und stürzte sich auf den Futternapf.

Seine Mutter verpaßte ihm einen kräftigen Hieb mit der Pfote.

»Unser Gast ißt zuerst.«

»Aber Ma …!«

»Benimm dich, Mirko!«

Ich mußte mir ein Lächeln verkneifen. Dann jedoch zog mich der Geruch des Futters gnadenlos an, und ehe ich mich's versah, war die Schüssel leer. Es hatte ganz ausgezeichnet geschmeckt.

»Siehste, der Gierschlund hat mir alles weggefressen!«

Mit tierisch schlechtem Gewissen sah ich Shameena an. »Entschuldige …«

Sie zuckte mit den Ohren. »Kann passieren. Wir werden schon nicht verhungern, wenn wir bis zum Morgen warten müssen.«

»Doch!« fauchte ihr Sohn mich an und ging in Angriffsstellung

»Langsam, Mirko! Diese Menschen haben bestimmt noch mehr Futter im Haus!« beruhigte ich ihn.

Wer immer hier wohnte, litt keinen Hunger. Eine Küche ist auch immer ein Vorratsraum. Den Kühlschrank zu öffnen mochte meine Fähigkeiten überschreiten; anders lag der Fall bei Schranktüren. Und siehe da, schon in dem dritten Schrank wurde ich fündig. Zum Glück waren es Dosen mit Alufolienverschluß. Schon nach einem gezielten Hieb war ein tiefer Riß in dem Deckel zu sehen. Ich machte je eine Dose für Shameena und Mirko auf.

Während sie speisten, schlenderte ich, von geradezu kätzischer Neugier getrieben, weiter durch das Haus. Ich entdeckte einen wunderschönen Wintergarten; die Treppe hinauf fand ich ein Schlafzimmer, aus dem das tiefe, gleichmäßige Atmen der Bewohner drang, daneben Badezimmer und einen weiteren, verschlossenen Raum. In das Dachgeschoß führte eine weitere Treppe und endete in einer offenen Galerie, die eindeutig einem Hausbewohner als Arbeitszimmer diente. Mich interessierte, womit sich die Herrschaften beschäftigten, und so hüpfte ich auf den Schreibtisch.

Es war sensationell!

Ich war im Haus von Thomas Markmann gelandet, dem Mann, mit dem ich noch vor wenigen Stunden verhandelt hatte, und was hier aufgeschlagen vor mir lag, war der letzte Geschäftsbericht des Unternehmens. Eine Offenbarung.

Ich vergaß, daß es Nacht war; ich vergaß, daß ich Kater war, ich vergaß die beiden Katzen unten in der Küche – ich schaute mir nur die Zahlen an. Das war vielleicht ein Augenöffner! Ja, wenn ich vorher gewußt hätte, wie dringend er auf den Abschluß angewiesen war, dann hätte ich ganz anders argumentiert. Mit einer Pfote schlug ich die Seite um und machte mich mit den Bilanzpositionen vertraut. Kein ungesundes Unternehmen, aber derzeit in unserem Marktsegment in einer kleinen Krise. Nun, das festigte unsere Verhandlungsposition. Aber ich empfand auch Achtung vor Thomas Markmann. Er hatte sich sehr bedeckt gehalten und versucht, ein möglichst vorteilhaftes Geschäft zu machen. Mal sehen, wie weit man ihm da entgegenkommen konnte.

Ich war so versunken, daß ich Mirko nicht bemerkte, der sich die Treppen hochgeschlichen hatte. Erst als ich seine schrille Stimme vernahm, zuckte ich zusammen.

»Willßte jetß Szoff?«

Gerade noch rechtzeitig kam ich aus seiner Flugbahn. Er landete auf dem Schreibtisch und brachte bedenklich die Lampe ins Wackeln. Ich flitzte die Treppen hinunter, Mirko schoß hinter mir her. Offenbar hatte er meine Flucht als Aufforderung zum Spiel betrachtet. In der unteren Kurve nahm er das Treppengeländer als Absprungbasis, und auf dem Perserteppich hatte ich ihn im Nacken. Er zwickte mich mit seinen kleinen Zähnen in den Hals und gab gedämpftes Triumphgeheul von sich. Unwillig schüttelte ich ihn ab.

»Laß das, Junior!«

»Feigling, Feigling!«

Er hüpfte auf den Kaminsims, so daß die Kerzenständer leise klapperten. Shameena hatte offensichtlich das Haus verlassen, sonst hätte sie ihn gewiß zur Ordnung gerufen. Ich suchte den Weg zur Katzenklappe, aber kaum hatte ich dem kleinen Tunichtgut den Rücken zugekehrt, kam er schon wieder angesegelt. Er riß mich um und trat mich in den Bauch. Ich wollte ihm einen Hieb versetzen, doch er duckte sich flink unter meiner Pfote weg. Dafür biß er mich in den Schwanz, und ich haute ihm mit aller Kraft die Tatze ins Genick. Der Junge war schnell wie eine Eidechse. Er entwischte mir. Da ich ihm nicht weh tun wollte, wagte ich nicht, die Krallen einzusetzen. Ihm schien das Ganze einen unsäglichen Spaß zu machen. Er tobte über den Eßtisch und schwang sich in den Adventskranz, der bedrohlich zu schaukeln begann.

»Mirko! Runter da!«

»Hol mich doch!«

Besser nicht, dachte ich und stellte mir die Schäden vor, die eine solche Aktion verursachen würde. Also setze ich eine hoheitsvolle Miene auf und bewegte mich weiter auf die Waschküche zu, durch die wir eingedrungen waren. Wie erwartet, kam das Balg von hinten angeflogen. Im letzten Moment wich ich aus, und er schlitterte auf dem Parkettboden, bis ihn ein Zeitungsständer bremste. Es schepperte. Mirko drehte sich um, und seine Augen glühten vor Vergnügen. Auf wackligen Beinen umrundete er mich. Ich nahm ebenfalls Drohhaltung an, und kurz darauf waren wir beide in einen herrlichen Ringkampf verwickelt. Wir rollten über den Teppich, unter die Tische, rissen Kissen vom Sofa, ließen das Kaminbesteck klirren, stießen an die Vase mit geschmückten Tannenzweigen und wurden von Nadeln und Lametta begraben.

»Thomas, Thomas, ich glaube, es ist jemand im Haus!« hörte ich eine ängstliche Frauenstimme.

Mirko flutschte zwischen den Zweigen hervor und verschwand wie ein schwarzer Blitz aus dem Zimmer. Ich folgte ihm, so schnell ich konnte. Die Katzenklappe schepperte, und in weiten Sprüngen raste ich zum Nachbarhaus. Shameena saß auf der Terrasse und fuhr sich mit der Pfote über Schnauze und Ohren.

»Wird auch Zeit, daß ihr kommt. Der Zeitungsmann macht gleich seine Runde. Du solltest noch ein bißchen schlafen, Richard.«

»Hach ja!« rief Mirko und riß sein rosiges Mäulchen so weit auf, daß ich fast bis zum Schwanz durch ihn hindurchgucken konnte. Wir schlüpften in mein Zimmer, das plötzlich ungeheuer anheimelnd auf mich wirkte. Endlich schlafen!

Mirko hatte sich schon zu einem kleinen, schwarzen Kringel in den zerwühlten Decken versammelt und schien in eine Art von Bewußtlosigkeit gefallen zu sein. Ein Streifen Lametta hing ihm noch um den Hals. Ich suchte mir einen Platz auf dem Kopfkissen. Doch lange konnte ich nicht widerstehen. Es zog mich unwiderstehlich zu dem Jungen hin. Also legte ich mich in einem beschützenden Bogen um den kleinen Kerl und fing an, ihm sehr sorgfältig und sehr sanft das Gesicht abzulecken. Es begann erst ganz leise, dann wurde es laut und immer lauter. Er schnurrte, daß das Bett wakkelte. Also putzte ich weiter – Ohren, Kinn, Hals und schließlich seinen weichen, flauschigen Bauch.

Dann sank auch ich in Schlaf, und das letzte, was ich bemerkte, war, wie auch mich eine rauhe Zunge zärtlich bürstete. Shameena war zu uns gekommen.

Der Wecker klingelte gegen acht Uhr. Schlaftrunken stellte ich ihn ab und reckte mich. Ach ja, ein weiterer harter Verhandlungstag stand bevor. In einer halben Stunde würde der Taxifahrer mich abholen kommen. Zumindest fühlte ich mich ausgesprochen ausgeruht. Auf das Frühstück würde ich verzichten, einen starken schwarzen Kaffee bekam sicher ich im Büro.

Ich ging ins Bad, um mich zu rasieren, und stellte irritiert eine Schramme auf der rechten Wange nahe am Ohr fest. Nicht tief, und das Blut war schon verkrustet. Ich mußte mich im Schlaf gekratzt haben.

Oder?

Es war doch nur ein Traum gewesen, nicht wahr?

Ich legte die Zahnbürste hin und schaute in dem Schlafzimmer nach. Tatsächlich, es gab eine Katzenklappe.

Trotzdem – ich nahm die Zahnbürste wieder auf. Ich hatte lebhaft geträumt, kein Wunder, wenn nach einem anstrengenden Tag aus dem Unterbewußtsein Szenen von Kampf und Schlägereien auftauchten.

Ich sah in den Spiegel und betrachtete mißbilligend meine Haare. Sie sind schwarz und ein wenig lockig, aber an diesem Morgen waren sie gar nicht zu bändigen.

»Auf Krawall gebürstet.« Ich grinste meinem Spiegelbild zu, und mir ging durch den Kopf, ich sollte Thomas Markmann heute wohl zuerst mit der Frage: »Willßte Szoff?« begrüßen.

Moment mal, wieso eigentlich Zoff? Der Mann hatte doch ohnehin verloren, wenn ich ihn mit einigen geschickten Fragen zu seinem Geschäftsbericht in die Enge trieb!

Nachdem mein Hirn so weit die nächtliche Mär aufbereitet hatte, mußte ich mich erst einmal setzen. Hatte ich wirklich in anderer Gestalt das Nachbarhaus aufgesucht? In die Unterlagen Einsicht genommen? Wohnte der Mann überhaupt genau neben der Pension Feliday Inn? Oder war das nur Wunschdenken, das sich in meinen Traum geschlichen hatte?

Mit glasigem Blick starrte ich auf meine Schuhsenkel.

Das Klopfen an der Tür riß mich aus meiner Trance.

»Ihr Taxi wartet!«

»Sofort!« rief ich und warf meine restlichen Sachen in den Koffer. Als ich die Zimmertür öffnete, stand der Taxifahrer schon davor und nahm mir das Gepäck ab. Ich drehte mich noch einmal um, zog den Mantel über und griff nach meiner Aktentasche, die auf dem Bett lag.

»Sie hat die Rechnung hier hingelegt, Herr Revera«, wies mich der Fahrer hin. Es war ein lächerlicher Betrag, und ich rundete ihn großzügig auf. Zu gerne hätte ich die Besitzerin kennengelernt, aber die Zeit drängte.

Während der Fahrt holte ich die Notizen heraus, die ich mir zu dem gestrigen Gespräch gemacht hatte, und ging die Argumente noch einmal durch. Wenn das, was ich geträumt hatte, stimmte, dann ergab sich hier ein ganz neues Bild. Aber das grenzte ja an Spintisiererei. Ich klappte das Notizbuch zu, während wir vor dem Bürokomplex hielten. Als ich es in die Aktentasche legte, wurde mein Blick von etwas Glitzerndem gefesselt. Ein Streifchen Lametta hatte sich zwischen den Deckeln verfangen.

Das Bild eines kleinen, frechen Katers tauchte vor meinen Augen auf und erfüllte mich plötzlich mit einem warmen, liebevollen Gefühl.

»Geht es Ihnen gut, Herr Revera? Wir sind da!«

»Oh!« sagte ich geistesabwesend. »Ja, natürlich.«

»Hatten Sie keine gute Nacht? War es laut in der Pension?«

»Nein, es war alles ganz hervorragend. Danke noch einmal!«

Seltsam beschwingt eilte ich dem Konferenzraum entgegen.

Um zwölf Uhr mittags war der Vertrag unterschrieben. Die Konditionen waren besser, als man in meinem Unternehmen erwartet hatte, und doch weniger hart, als ich sie aufgrund der schwachen Position von Markmann hätte durchsetzen können. Er wußte, daß ich um seine Lage wußte, und als wir aufstanden, reichte er mir freundschaftlich die Hand.

»Ein fairer Handel, Revera. Kommen Sie, wir gehen gemeinsam essen. Oder werden Sie zu Hause erwartet?«

»Mich erwartet ein leerer Kühlschrank.«

»Kein guter Partner.« Er überlegte einen Moment und sah mich dann mit einem Lächeln an. »Wir geben heute eine Christmas-Party. Wir haben es uns schon seit Jahren zur Angewohnheit gemacht, den Heiligabend in fröhlicher Runde mit Freunden und Nachbarn zu feiern. Ein Gästezimmer steht Ihnen natürlich auch zur Verfügung.«

Ich fand den Mann durchaus sympathisch, und nun, da unsere geschäftlichen Belange erledigt waren, sprach nichts gegen eine solche Einladung. Dankbar nahm ich an.

»Aber Ihre Gastfreundschaft will ich nicht über Gebühr strapazieren. Ich kann gerne in ein Hotel ziehen. Gestern hatte ich das Glück, eine sehr ansprechende und günstige Unterkunft zu finden. Ich bin sicher, das Feliday Inn hat auch heute noch ein Zimmer für mich.«

Er starrte mich mit dem Ausdruck größter Verwunderung an, und ich hatte das Gefühl, er kämpfe mit einem kaum zu bändigenden Lachanfall.

»Feliday Inn. Gewiß, aber ich bin sicher, meine Frau wird sich sehr freuen, wenn Sie unser Gästezimmer beziehen. Sie liebt Besucher und hat ihre Freude daran, wenn sie jemanden verwöhnen darf.«

Das Haus erkannte ich auf Anhieb wieder, jeden einzelnen Raum, einschließlich Adventskranz und Kerzenständer.

Frau Markmann war eine herzliche Frau von unkompliziertem Wesen. Wir unterhielten uns entspannt über vielerlei Themen, und schon bald nannten sie mich Richard und ich die beiden Thomas und Bärbel. Es kam auch das Gespräch auf Katzen, und beide hatten plötzlich feuchte Augen, als sie von ihrem verstorbenen Kater erzählten.

»Er war uns ein so guter Freund. Er gehörte zur Familie, Richard. Manchmal dachte ich, es fehlt nur wenig, und er beginnt zu sprechen. Verstanden hat er, da bin ich ganz sicher, jedes Wort.«

»Er hatte auch eine ganz süße Freundin, die Katze der Nachbarin, Shameena. Sie kommt noch immer her, um ihn zu suchen. Auch Tiere trauern, Richard.«

»Ihr braucht mich nicht zu überzeugen. Ich liebe Katzen.« Jene Shameena ganz besonders, aber das sprach ich nicht aus.

»Heute nacht war Shameena wieder hier«, murmelte Bärbel leise. »Und ich habe ganz intensiv von unserem Kater geträumt.«

Dann zeigte mir Bärbel ein Foto von ihm.

Ich sah mir selbst ins Gesicht – als Kater.

Gegen sechs sollte die Party beginnen, und ich zog mich in mein Zimmer zurück, um mich frisch zu machen. Legere Kleidung war angesagt, kein Krawatte. Also zog ich einen weißen Rolli an und darüber einen schwarzen Pullover mit V-Ausschnitt. Sehr viel mehr Auswahl hatte ich nicht bei meinem kleinen Gepäck. Doch als ich an den dunklen Fensterscheiben vorbeiging, in denen sich meine Gestalt widerspiegelte, streifte mich ein wunderliches Gefühl. Ganz kurz erschien es mir, als blicke mich ein Katzengesicht an. Dann jedoch faßte ich mich und ging die Treppen hinunter in das festlich geschmückte Wohnzimmer. Stimmengemurmel empfing mich. Es waren bestimmt schon zehn Gäste eingetroffen. Alle hielten Gläser in den Händen und schienen sich gut miteinander zu unterhalten. Ein helles Lachen erklang, und irgend jemand schien lachend das Wort »Feliday Inn« zu erwähnen.

»Ah, da kommt ja unser neuer Freund«, rief Thomas,

als er mich erblickte. »Richard, ich habe gerade erzählt, du hättest letzte Nacht im Feliday Inn übernachtet.«

Schon wieder lagen tiefe Lachfältchen um seine Augen. Mißtrauisch fragte ich: »Ist das etwas so Besonderes? Ich hatte nicht den Eindruck, daß der Laden schlecht beleumundet ist.«

»O nein, ganz und gar nicht.« Eine der Frauen kicherte. »Die Pension hat sogar einen wirklich ausgezeichneten Ruf. Ihre Besitzerin ist als überaus fürsorglich bekannt.«

»Ja, Felicia kümmert sich liebevoll um jeden einzelnen Gast!«

Die Heiterkeit nahm zu, und ich wurde immer nervöser.

»Bedauerlicherweise habe ich sie nicht angetroffen, da ich erst spät in der Nacht eintraf.«

»Nun, dann wirst du sie gleich kennenlernen. Sie und ihre beiden Begleiter.«

Thomas dreht sich um und rief einer Frau, die neben dem geschmückten Tannenbaum stand, zu: »Feli, willst du nicht deinen Gast von heute nacht kennenlernen?«

Sie drehte sich um und kam näher.

Mir stockte der Atem.

Sie trug ein weich fallendes Samtkleid, das in braunen, roten und cremefarbenen Schattierungen schimmerte. Ihre Haare, ebenfalls braun mit roten und goldenen Lichtern, lagen in vollen Locken um ihren Hals. Ihre Nase mußte man als klein bezeichnen, doch ihre Augen beherrschten ihr Gesicht und funkelten leuchtend grün.

»Richard, das ist Felicia, die Besitzerin der Katzenpension Feliday Inn.«

»Katzenpension?«

Ich mußte einen herrlich verblüfften Ausdruck auf dem Gesicht gehabt haben. Die Heiterkeit schwoll zu herzlichem Gelächter an.

Felicia aber stimmte nicht in das Lachen mit ein, sondern reichte mir mit einem bezaubernden Lächeln die Hand. Ich zog ihre Finger an die Lippen und sagte leise: »Ich habe bei anderer Gelegenheit versäumt, Ihnen zu sagen, wie schön ich Sie finde.«

»Sie haben andere Dinge getan.«

»Was davon ist wahr, Felicia?«

»Alles, was du dir wünschst, Richard.« Ihre Stimme war ein warmes, zärtliches Schnurren. »An Weihnachten geschehen Wunder, und Wünsche werden erfüllt, nicht wahr? Jene von Katzen und Menschen ... Und die, die sich lieben, finden einander wieder.«

Dann geschah es.

Von dem Schränkchen, neben dem Felicia stand, kam ein kleiner Kater gesegelt, landete auf ihrer rechten Schulter, stellte die Vorderbeine staksig auseinander und funkelte mich herausfordernd an. Ich verstand ganz genau, was er mit seinem quietschigen Stimmchen krähte. Er fragte: »Willßte Szoff?«

»Nein, Mirko, ich will jetzt keinen Zoff!« antwortete ich ihm leise. Er murmelte »Schaaaade!« und wickelte sich unter Felicias Haarfülle um ihren Hals wie ein kleiner schwarzer Pelzkragen. Dabei ließ er seinen Schwanz höchst elegant in ihr Dekolleté baumeln.

Ich trat noch etwas näher an die schöne Felicia, die mich mit ruhigen Augen musterte. Sehr zart berührte ich ihre Nase mit meiner. Sie duftete wunderbar.

»Eine Form der Begrüßung unter alten Freunden, wie man mir gesagt hat!« flüsterte ich.

Sie zwinkerte, und zwischen den Locken auf ihrer linken Schulter tauchte ein schwarzes Näschen auf.

»Bestimmt keinen Szoff?«

»Später, mein Sohn.«

Er reckte seinen Hals, sagte: »Na gut!« und drückte sein kleines, vorwitziges Näschen auf meine.

Um meine Beine aber strich schnurrend die rotbraune Shameena.

Ich legte langsam meinen Pelz ab und erhob mich von dem Lager, das mir der alte Mann in seinen Armen gerichtet hatte. Eine Weile tat es mir leid, ihn verlassen zu müssen. Er hatte mich mit so viel Liebe und Respekt behandelt, wie eine Katze es sich nur wünschen konnte. Und er hatte so schöne Bilder von mir gemalt. Aber dann war das Leben auf Erden schwerer und schwerer für mich geworden und die Sehnsucht größer, hinaufzufahren, dorthin, wo die große, weiche, katzenförmige Wolke auf mich wartete. Sie trug mich weiter und weiter nach oben in die himmlischen Gefilde, bis ich schließlich vor einer gewaltigen Mauer ankam. Ein wenig irritiert sah ich mich um. Gut, es gab hier eine grüne Wiese, aber sonst nichts, was in irgendeiner Form einladend wirkte.

»So eine Scheiße!« bemerkte ein hohes, sanftes Stimmchen neben mir, das zu dem herben Ausspruch nicht so recht passen wollte.

Ich drehte mich um und sah mich einer grauen Katze gegenüber, die mißmutig ihren Nacken putzte. »Sieh sich das bloß mal einer an!«

»Was hast du zu bemängeln?« fragte eine zweite, rauhe Stimme, und ein ebenfalls grauer Kater schritt mit rechthaberischem Gebaren auf sie zu.

»Mein Pelz! Schaut euch das doch mal an! Grau, nichts als kurze graue Härchen! Und das mir!«

»Im Himmel sind alle Katzen grau. Wußtest du das nicht?«

»Nein. Ach, wie entsetzlich!«

Ich warf einen Blick auf meinen Wams und befand ihn ebenfalls in dieser nüchternen Farbe aufgeputzt – was mich allerdings nicht sonderlich schockierte. Auch in meinem irdischen Leben war ich überwiegend grau gewesen, wenn nun auch die schwarzen Tigerstreifen fehlten. Immerhin, der Neuankömmling schien sich auszukennen.

»Hallo!« sagte ich zu ihm. »Hast du eine Ahnung, wie's hier weitergeht?«

»Klar. Da vorne gibt es eine Katzenklappe. Dahinter liegen die Goldenen Steppen. Ist ganz nett da drinnen. Wollen wir?«

»Kriege ich da meinen Pelz wieder?« jammerte die andere Katze.

»Später vielleicht. Hier draußen gewiß nicht.«

»Warst du schon mal hier?« wollte ich wissen.

»Klar, schon zweimal. Ihr seid Neulinge, was?«

»Ja, es war mein erstes Katzenleben!« erwiderte ich. Man besaß mehrere Katzenleben, hatte man mir erzählt. Darum war es ja auch nicht so schlimm, die Welten zu wechseln.

Der Kater wandte sich zielsicher nach rechts, und ich folgte ihm, weil mir nichts Besseres einfiel. Auch die nörgelige Katze schlenderte schließlich hinter ihm her.

Unübersehbar lag vor uns, eingelassen in die unverputzte Mauer aus groben Feldsteinen, eine goldene

Klappe, über der in schwungvollen Lettern »Willkommen« stand. Nun ja, man ist gerne irgendwo willkommen. Ich stieß mit der Nase dagegen, und die Klappe schwang auf. Kopf, dann rechte Pfote, linke Pfote – erster musternder Rundumblick. Es schien keine Gefahr zu drohen. Im Gegenteil, es sah hübsch aus. Rechtes Hinterbein, linkes Hinterbein, Schwanz. Ich war durch, und wie immer, wenn man nicht so recht weiß, wie es weitergeht, putzte ich erst einmal ein paar Stäubchen aus dem Fell.

»Willkommen auf den Goldenen Steppen!« wurde ich von einer Gestalt begrüßt, die mich staunen machte. Sie war weiß gewandet, glitzerte hier und da ein wenig, hatte ein wunderbar silbriges Fell und seltsamerweise Flügel auf dem Rücken, wie ein großer Vogel.

»Och!« hörte ich das hohe Stimmchen neben mir voll Bewunderung ausstoßen. »Ein Engel!«

»Richtig, meine Lieben. Und wer seid ihr?«

»Ich bin Minka!« sagte ich und blinzelte dem Geflügel zu.

»Mich nannte man Engelchen!« flötete meine Nachbarin. »Aus gutem Grund, aber das sieht man jetzt ja nicht mehr. Ich hatte einen Pelz, der dem deinen glich. Kann ich den bitte wiederhaben?«

»Später vielleicht.«

»Aber ...«

Engelchen wurde unterbrochen, denn der Kater stellte sich vor: »Ich heiße Hadubrant. Revierchef.«

»Chef bist du hier nicht mehr.«

»Mrrrmpf!«

»Hier sind nicht nur alle reinen Katzenseelen grau,

sondern auch gleich. Ihr werdet jedoch sehen, der Aufenthalt ist heilsam und erlösend. Es gibt keinen Hunger, keinen Durst, keine Schmerzen, kein nasses Fell und keine kalten Pfoten. Wandert umher, wärmt euch in der Sonne und genießt den Aufenthalt. Es gibt wenige Pflichten, nur dann und wann müßt ihr Freyas Wagen ziehen, wenn sie ausfahren will.«

»Ich ziehe keine Wagen nicht«, fauchte Engelchen und setzte sich wie ein trotziges Müffchen zurecht.

»Keine Pflichten, keine Rückkehr, kein neuer Pelz!« beschied der Engel sie. Ich mußte gestehen, die Kleine ging mir auf die Nerven. Das hörte sich doch alles ganz nett an, und in der Ferne sah ich auch schon andere Katzen gelassen auf flachen Felsen ruhen oder fröhlich in den goldenen Gräsern nach bunten Faltern haschen. Es erinnerte mich an die friedliche Atmosphäre meines Klostergartens.

»Kein schlechtes Revier«, meinte auch Hadubrant anerkennend. »Wer markiert die Grenzen?«

»Niemand markiert hier Grenzen.«

»Mrrrmpf!«

»Niemand!« betonte der Engel mit Nachdruck.

Mir war das nur recht, Zänkereien um Wegerechte lagen mir nicht, mein derzeitiger Pelz war mir nicht unangenehm, und die Aussicht, an dem moosigen Ufer eines plätschernden Bächleins ein paar Schlapp Wasser zu trinken, erfüllte mich mit Vorfreude. Der Engel entließ uns, und ich schlenderte in Richtung Gehölz. Weder dem grimmigen Hadubrant noch der nörgeligen Engelchen schenkte ich weitere Aufmerksamkeit. Beide würden sicher nicht zu meinen bevorzugten Freunden gehören. Es gab genügend andere Katzen hier, deren Bekanntschaft zu machen sich bestimmt mehr lohnen würde – dachte ich zumindest.

Das Schicksal, sofern man in den himmlischen Gefilden davon sprechen konnte, wollte es anders.

Ich weiß nicht, wieviel Zeit vergangen war, inzwischen hatte ich mich jedoch gut eingelebt, als der silberhaarige Engel wieder auftauchte und mich zur Pflicht mahnte.

»Immer die zuletzt Gekommenen müssen diesen Job übernehmen!« erklärte mir Silky, eine mütterliche, sanfte Katze. »Ist aber nicht schlimm, der Wagen ist leicht zu ziehen, und Freya ist eine freundliche Göttin. Sie hat Leckerchen dabei ...«

Das mochte wohl sein, doch als ich den Wagen erblickte, entrang sich mir ein unwilliges Knurren. Eingespannt waren bereits Hadubrant und Engelchen. Das würde ja lustig werden.

Hadubrant übernahm als Macho sofort das Kommando, als Freya, eine in hübsch frühlingshaft geblümte Gewänder gehüllte junge Göttin, uns bat anzutraben. Er gab mir einen Klapps auf den Schwanz, und Engelchen stupfte er mit der Nase an.

»Gleichschritt, Mädels!«

»Angeber!« entfuhr es mir. Engelchen sagte gar nichts, sondern nahm ihre gewohnte Müffchenhaltung an.

»Meine Lieben, wollt ihr bitte losfahren. Ich habe Frühlingsblumen über die Erde zu verteilen, das eilt ein wenig. Die Menschen sind den grauen Winter leid.«

»Hört ihr zwei Faulpelze nicht? Hebt eure bequemen Hinterteile hoch!«

»Hadubrant, was hältst du von dem Wörtchen ›bitte‹?«

»Nichts. Los geht's, Minka, Engelchen!« Er legte sich ins Geschirr, und der Wagen ruckte so heftig an, daß Freya beinahe den Halt verloren hätte. Engelchen wurde auf die Pfoten gerissen, und ich stolperte über meinen Schwanz.

»Meine Lieben, etwas rücksichtsvoller, bitte!«

»Hört ihr nicht!« knurrte uns Hadubrant an. »Gleichschritt! Marsch!«

Was sollte ich mich wehren? Ich wollte keinen Streit, und so schwer war der Wagen wirklich nicht. Außerdem fand ich die Göttin nett. Ich wollte in einen gleichmäßigen Trab fallen, aber Engelchen blieb störrisch.

»Nun mach schon, Engelchen. Ist wirklich nicht so schwer.«

»Ich bin solche Arbeiten nicht gewöhnt. So etwas hat man noch nie von mir verlangt!«

»Luxusweibchen!« zischte Hadubrant.

»Rechthaber!« keifte sie.

Der Kater versetzte ihr einen Nasenstüber, und sie schnappte nach ihm.

»Schluß jetzt!« Freyas Stimme fuhr wie ein Peitschenschlag dazwischen. »Hier wird nicht gestritten. Hier herrschen himmlischer Frieden und Ruhe!«

»Dann spannt diese lahme Kröte aus, Herrin. Ich kriege den Wagen schon alleine gezogen!« schlug Hadubrant vor, und Engelchen kreischte Schmähworte, weil er sie Kröte genannt hatte. Ich schlug ihr meine Pfote auf die Nase und blitzte sie mit zornigen Augen an. Irgendwie schien sie das einzuschüchtern, so daß sie maulend aufstand.

»Zieht an!«

Freya konnte auch sehr kühl klingen. Plötzlich sah ich in Hadubrants Augen ein kleines Lachen aufblitzen.

»Bitte!« sagte er zu mir, und mit einem Kichern legte ich mich ins Geschirr. Engelchen trottete mürrisch neben uns her.

Die Zeit verging – ob langsam oder schnell, kann ich nicht sagen. Hin und wieder traf ich Hadubrant und Engelchen. Nicht, daß wir viele Worte gewechselt hätten, aber solche gemeinsamen Erlebnisse wie Wagenziehen verbinden auf seltsame Weise.

Eines Tages versammelte sich eine Schar wunderschöner Engel auf den goldenen Steppen. Sie riefen uns zusammen, und ihr Sprecher erklärte, sie seien die Weihnachtswunschsammler, die auf Erden die Wünsche der Menschen ergründeten. Eine nicht unbeträchtliche Menge sehne sich nach einer Katze als Freund und Begleiter. Wie er ausführte, gebe es viele Gründe für diese Menschenwünsche. Manche Menschen hegten diesen Wunsch, weil sie einsam waren, einige, weil ihre bisherige Katze den Pelz abgelegt hatte, andere, weil sie Weisheit suchten oder einen Spielgefährten. Außerdem gab es etliche Menschen, die sich dieses Wunsches gar nicht bewußt waren. Es sei unsere Aufgabe, so die Engel, sie zu der Erkenntnis zu bringen, daß eine Katze ihr wahrer Freund sei. Darum hielten sie nun Ausschau unter den reinen Katzenseelen, wer sich für eine Wiedergeburt bereit finde.

Nun, ich hatte so eine Freundschaft mit einem Menschen schon einmal erlebt, und meine Partnerschaft mit

Bruder Anselm war wirklich glücklich zu nennen. Auf die eine oder andere Weise wollte ich das gerne noch einmal erleben. Die Existenz auf den Goldenen Steppen mochte zauberhaft, sorgenfrei und heilsam sein – richtig amüsant war sie nicht. Ehrlich gesagt, ich langweilte mich ein wenig. Also meldete ich mich als zur Rückkehr bereit.

Mit mir versammelte sich eine Gruppe anderer, ebenfalls etwas gelangweilter Katzenseelen, darunter auch Engelchen und Hadubrant. Das hätte ich mir denken können. Himmlischer Frieden war nicht sein Ding! Und himmlischer Graupelz nicht Engelchens bevorzugte Gewandung.

Nun wurden wir selbstredend nicht so einfach losgeschickt, sondern es gab eine gewisse Vorbereitungszeit auf das irdische Dasein. Als erstes bat man uns zu einer Modenschau. Wie es hieß, sollten wir nicht so einfach grau in grau bei den Menschen erscheinen. Mit ihren verkümmerten Sinnen wüßten sie uns ja nicht zu unterscheiden. Also führten uns die Engel eine stattliche Reihe Pelzkreationen vor, die zur Auswahl standen. Da zeigte man uns pflegeintensive, langfellige Roben und strapazierfähige, kurzhaarige Mäntel, solche mit buschigen Schwänzen oder mit wuscheligen Halskrägen und ein ausgefallenes Modell mit Kringellöckchen. Unterschiedliche Farbvarianten wurden ebenfalls angeboten, von schlichtem, glänzendem Schwarz über blauschimmerndes Grau, mattes Braun und wunderschöne Rotschattierungen bis zu reinem Weiß. Auch vielfältige Muster hatte man im Angebot. Es gab gestreifte, getupfte, dreifarbig gefleckte und einfarbige

Hüllen, solche mit weißen Lätzen oder weißen Stiefeln. Sie alle waren sehr hübsch anzusehen. Das Meisterstück aber war ein strahlend weißes Fell, langhaarig und fein, wie Engelshaar, dessen Spitzen silbrig schimmerten. Ich mußte unwillkürlich aufseufzen, als ich dieses Fell sah. So ein Mäntelchen! Was hätte Bruder Anselm daraus gemacht! Einen Katzenengel hätte er gemalt ...

»So einen hatte ich ...«, seufzte auch Engelchen neben mir. »Den will ich wieder!«

Hadubrant aber strich mit der Pfote sehnsüchtig über einen glatten, rabenschwarzen Samt. »Ja, so ähnlich war er. Zum Schluß hatte er allerdings ziemlich viele Löcher und Ziehfäden.«

»Gegen den hätte ich auch nichts einzuwenden«, murmelte ich. »Aber der weiße mit dem Silber ist noch schöner.«

»Pfoten weg! Den kriege ich!« trumpfte Engelchen auf und schob mich beiseite.

»Ruhe da vorne!« rief der Conférencier-Engel. »Wir wissen, daß einige besonders wertvolle Kreationen darunter sind, meine Schönen. Und daß mehr als eine von euch sie begehrt. Deshalb wird die Vergabe der Felle abhängig von euren kätzischen Fähigkeiten gemacht. Wer sich um die Meisterwerke der Pelzkunst bewirbt, muß sechs Aufgaben lösen. Wer dann die meisten Punkte erzielt, hat die erste Wahl. Ihr könnt euch für den Wettbewerb bei mir anmelden!«

Hadubrant, der noch immer mit dem nachtschwarzen, wunderbar glänzenden Pelz liebäugelte, stürmte vor. Ihm folgte Engelchen, und ehrlich gesagt, ich war versucht, sie zur Seite zu drängen. Den silberweißen

Mantel gönnte ich der kleinen Nöle nicht. Sie hatte ihn schon einmal gehabt!

Einige andere folgten, aber die meisten waren wohl mit den einfachen Pelzen zufrieden und wollten sich nicht der Mühe unterziehen, um ein besonderes Exemplar zu kämpfen.

Wir hingegen hörten zu, welche Aufgaben und Prüfungen uns erwarteten.

Zuerst sollten unsere Kletterkünste auf die Probe gestellt werden. Na gut, das traute ich mir zu. Aber als ich den Baum sah, Yggdrasil mit Namen, wurde mir allerdings ganz anders. Er war so gewaltig, daß er vom Boden bis in die höchsten Wolken reichte. Weltenbaum nannten sie ihn, und seine Zweige schienen mir oben doch ziemlich schwankend und unsicher. Engelchen hingegen, beschwingt durch mein Zaudern, hüpfte frohgemut von Ast zu Ast und machte eine ungewöhnlich elegante Figur dabei. Auch Hadubrant kannte kein Zaudern. Also ruckelte ich mich auf meinen Hinterläufen zurecht und sprang ebenfalls den borkigen Stamm an. Es ging ganz gut voran, das Geäst war stabiler als gedacht. Ich hatte die Höhe bewältigt, sogar Engelchen, die etwas schnaufen mußte, und Hadubrant, der einen hitzigen Streit mit einem Rivalen ausfocht, überholt. Bei dem Adler im Wipfel meldete ich mich ordnungsgemäß und begab mich auf den schwindelerregenden Abstieg. Da traf mich eine Nuß schmerzhaft an der Nase.

»Weg hier!« keckerte ein gigantisches Eichhorn und fletschte bösartig die Nagezähne. Eichhörnchen waren zwar nicht meine bevorzugten Beutetiere, aber gewöhnlich, so erinnerte ich mich, flohen sie vor Katzen. Mit

Nüssen bombardiert zu werden war eine ungewöhnliche Erfahrung.

»Aus dem Weg, Nager!« fauchte ich das Tier mit meiner ganzen Autorität als Katze an.

»Wie sprichst du mit mir! Ich bin Ratatoskr! Ich bin mit eiligen Botschaften von Oben unterwegs.«

Wieder knallte eine Nuß auf meinen Kopf, weswegen ich leicht benommen zu schwanken begann. Mistvieh!

Als die Sterne vor meinen Augen verschwunden waren, war das Tier mit wehendem Schwanz an mir vorbei. Vorbei war auch Engelchen, und Hadubrant ließ sich auf meinen Ast fallen, der bedenklich knarrte.

»Probleme?« fragte er.

»Ratatoskr!«

»Oh, der Nager. Ich hab' ihn in den Schwanz gekniffen!«

»Deshalb war er so wütend!«

Ich sah nach unten, wo der buschige rotbraune Schweif am Stamm hinunterwedelte, und plötzlich wurde mir speiübel.

»Was ist los, Minka?«

»Ich … ich komm hier nicht mehr runter. Ich … uiii, ist das hoch. Mir dreht sich alles.«

»Stell dich nicht an! Du willst den weißen Pelz. Also reiß dich zusammen. Engelchen ist schon fast an den Wurzeln des Baumes.«

»Geh du nur. Ich bleibe hier.«

»Hier kannst du nicht bleiben. Hopp, da rauf!«

Er sprang vor mir her auf einen haardünnen Zweig, der sogleich zu brechen drohte. Nie würde ich da raufklettern!

»Du feige, langweilige kleine Kröte, wirst du wohl hier runterspringen!« blaffte mich der verdammte Kater an, so daß ich wütend auffuhr. Vergessen war der Schwindel, vergessen die Höhenangst, ich hetzte hinter ihm her, um ihm das Fell vom Hintern zu kratzen.

Er kam knapp – ganz knapp – vor mir an und grinste, daß die Schnurrhaare flatterten.

»Gut gemacht, Kleine!«

Warum war mein Zorn auf ihn eigentlich plötzlich verflogen?

Als nächstes erwartete uns eine Reihe gleich aussehender älterer Herren mit langen Bärten, die, auf Ruhelager gebettet, tief und erquicklich schliefen. Sie trugen alle grüne Gewänder, deren lange Ärmel über die Kissen gebreitet waren. Uns wurde zur Aufgabe gemacht, den schlummernden Propheten einen der Ärmel abzuschnurren. Für mich ein Kinderspiel. Hatte ich doch oft genug auf Bruder Anselms Kuttenärmel geruht. Ich rollte mich auf der grünen Seide zusammen, holte tief Luft und schnurrte, bis das Bett bebte. Wie in Trance nahm der Alte die Schere zur Hand und schnitt sich den Ärmel ab. Mit hocherhobenem Schwanz trabte ich, meine Beute im Maul, zum Schiedsrichter-Engel.

»Gute Leistung, Minka. Du bist die erste. Die anderen sind wohl dem Schlummer erlegen.«

Und so war es tatsächlich. Schlafende können auf Katzen verheerend wirken. Hadubrant schnarchte leise vor sich hin, Engelchen lag mit verklärt engelhaftem Ausdruck auf der Seide, und auch die anderen waren in den unterschiedlichsten Stadien des Dösens begriffen. Der Kater hatte mir auf dem Baum geholfen, nach

Punkten hatte ich sowieso schon gewonnen, also warum ihm nicht einen kleinen Stups geben.

Hadubrant wachte sehr unwillig auf, begriff aber, in welche Falle er geraten war. Als er zu schnurren begann, tat er es mit einer solchen Vehemenz, daß alle anderen plötzlich ebenfalls erwachten und sich an die Arbeit machten. Ehre, wem Ehre gebührt, Engelchen brauchte nur zweimal leise zu schnurren, da hatte sie auch schon den Ärmel erbeutet. Hadubrant wurde dritter in der Runde.

Spannend gestaltete sich die nächste Aufgabe. Wir sollten Wolkenmäuse jagen. Eine einfache Aufgabe, dachte ich, doch da täuschte ich mich. Diese verdammten, bauschigen kleinen Dinger hatten die Tendenz, sich in ein Lufthäuchlein aufzulösen, sobald man sie zu schnell scheuchte. Hatte man sie aber irgendwo in die Enge getrieben, blähten sie sich zu dicken schwarzen Ungetümen auf und regneten einen naß.

Ich gewann knapp vor Hadubrant. Engelchen brauchte mehrere Anläufe, um überhaupt eines Mausbäuschchens habhaft zu werden. Nach drei Disziplinen standen wir nun punktgleich. Im Sternschnuppenschnicken gewann Engelchen dann überlegen, dafür holte ich im Kometenkegeln auf, und auch Hadubrant machte sich gut darin. Das weiße Fell schien für mich in greifbare Nähe zu rücken. Eine Übung stand noch aus, die ich aber wohl gewinnen konnte. Balancieren war meine Stärke. Es galt, auf einem Regenbogen, der sich über das Land spannte, zu wandeln. Frohgemut nahm ich am Fuße des Regenbogens Aufstellung und beobachtete meine Kontrahenten. Engelchen putzte sich selbstbewußt den Schwanz.

Sie war offensichtlich ebenso sicher wie ich, die Strecke in Rekordzeit zu überwinden. Hadubrant hingegen wirkte auf seltsame Weise gedrückt. Ja, wenn ich es recht betrachtete, sah er geradezu blaß aus.

»Was ist los, Hadubrant? Die Äste des Weltenbaums waren dünner.«

»Das ist es nicht. Siehst du nicht, über was diese verdammte bunte Brücke führt?«

»Über eine Grube, aber da fällst du schon nicht hinein.«

»Das ist nicht einfach eine Grube, Minka, sondern die Schlangengrube.«

Hadubrant wurde sogar noch eine Schattierung heller grau.

»Was haben denn die Schlangen hier zu suchen?«

»Auch Schlangen haben ihr Reich, wenn sie aus der Haut gefahren sind.« Er schauderte. »Ich hasse Schlangen!« flüsterte er sehr leise. Aber Engelchen hatte es gehört und grinste hämisch: »Bist wohl das letzte Mal an einem Schlangenbiß gestorben, was? Soll kein schöner Tod sein.«

Ein Beben ging durch den bisher so herrischen Kater, und auch ich fand Engelchens Bemerkung geschmacklos.

Ein Schiedrichter-Engel gab das Startzeichen, und wir machten uns auf den Weg. Engelchen hetzte munter drauflos, und auch ich hatte wenig Schwierigkeiten. Das Ultraviolett war ein wenig rutschig, so daß man aufpassen mußte, aber das Blau war griffig und das Rot auch. Ich kam gut voran und erlaubte mir sogar einen kurzen Blick nach unten. Gut, schön war der Anblick nicht, der sich da in dieser düsteren Grube bot. Da wanden und schlängelten sich schwärzlich glänzende Leiber umeinander, und gelegentlich drang ein drohendes Zischeln herauf, und gespaltene Zungen lugten zwischen langen Giftzähnen hervor. Georg, der Wächter mit seinem Spieß, scheuchte aber jedes der Geschöpfe zurück, das sich über den Rand wagen wollte.

Ich trabte weiter, als mich mitten am höchsten Punkt ein seltsames Gefühl beschlich. Obwohl ich in Führung lag, nahm ich mir die Zeit, mich umzudrehen. Engelchen schlitterte auf dem glitschigen Ultraviloett an mir vorbei, und ich sah Hadubrant, der nur noch an einer Vorderpfote an einem schmalen Rand Rot hing. Von unten erhoben sich züngelnd und zischend die Schlangen.

O nein!

Ohne nachzudenken, kehrte ich um und setzte mich auf seiner Höhe auf das griffige Blau. Die hinteren Krallen bohrte ich tief hinein und beugte mich vor.

»Hadubrant, deine andere Pfote!« rief ich ihm zu.

Er schien wie betäubt, seine Augen waren starr auf die Schlangen in der Tiefe gerichtet.

»Hadubrant, hör auf mich!«

Er reagierte nicht. Panik hatte ihn gelähmt. Heilige Bastet, was tun? Ich konnte ihn doch da nicht so baumeln lassen. Seine Krallen begannen schon abzurutschen. Es gab wohl nur eine Möglichkeit. Ich mußte mit ihm das machen, was jede Katzenmutter mit ihrem vor Schreck erstarrten Jungen tat. Noch fester grub ich meine Pfoten in den Regenbogen und beugte mich vor. Ich renkte mir meinen Hals fast aus, um ihn zu erwischen, aber dann hatte ich ein Fetzchen Nackenfell zwischen den Zähnen. Sehr langsam zog ich Hadubrant höher und höher. Zum Glück ist eine reine Katzenseele nicht sehr schwer, aber zweimal drohte er mir doch zu entgleiten, starr, wie er war. Dann hatte ich ihn endlich sicher auf dem Blau, wo er ganz langsam wieder zu sich zu kommen schien.

Verloren hatten wir ohnehin schon, und so ließ ich mich mit ihm langsam den Regenbogen hinuntergleiten. Als wir wieder festen Boden unter den Pfoten hatten, schüttelte er sich. Ich putzte ihm die Stirn und den Hals und den zerzausten Nacken.

»Verzeih, Minka. Nun hast du wohl verloren. Hättest mich fallen lassen sollen.«

»Nein, Hadubrant, hätte ich nicht. Soll Engelchen den schönen Pelzmantel bekommen.«

»Diese miese kleine …«

»Sie kann wohl nicht anders.«

»Sie hat mir, als sie an mir vorbeikam, einen Stoß versetzt.«

»Das hätte dich aber nicht zum Abgleiten bringen dürfen.«

»Im Normalfall nicht. Aber – Minka, ich habe entsetzliche Angst vor Schlangen. Es war tatsächlich ein Schlangenbiß, der mich getötet hat.«

»Manches, scheint's, heilt noch nicht einmal die Zeit auf den Goldenen Steppen«, murmelte ich.

»Nein, manches vergißt man noch nicht einmal hier.«

»Komm, wir gehen außen um die Grube herum. Wir sollten sehen, daß wir überhaupt noch einen Pelzmantel bekommen. Die Verteilung wird schon begonnen haben.«

Einträchtig trabten wir im weiten Bogen um die Schlangengrube herum und trafen an der Kleiderkammer ein.

»Da seid ihr ja endlich, Minka und Hadubrant. Kommt, zwei Pelze sind noch übrig«, erklärte kein Engel, sondern eine Frau mit goldenen Haaren in einem weiten blauen Gewand, die mir merkwürdig bekannt vorkam. Sie breitete die Pelzmäntel vor uns auf dem Boden aus. Der eine war ein schwarzes Fell, glänzend zwar, aber es wirkte, als wären die Motten darin gewesen. Der andere war ganz unauffällig grauschwarz.

»Wähl du zuerst, Minka.«

»Ich weiß nicht.«

»Nun mach schon.«

»Na gut, ich nehme den grauen.«

Die Frau zog ihn mir mit sanften Händen über und streichelte mich dann so lange, bis er glatt und fest anlag. Dann schlüpfte Hadubrant in seinen Pelz, der zum Glück ganz vorzüglich paßte.

»Wenn du nicht zuviel raufst, mein Junge, dann werden die rauhen Stellen und die Löcher auch wieder zuwachsen. Du wirst ganz ansehnlich darin aussehen. Nur den Riß an dem rechten Ohr haben wir nicht flicken können.«

»Schon gut!« brummte Hadubrant und sah mich dann an. »Minka hätte was Besseres verdient«, meinte er zu der Frau.

»Das bekommt sie auch. Ihr wißt ja, die Zeit auf den Goldenen Steppen werdet ihr vergessen haben, wenn ihr wieder zur Erde zurückkehrt. Doch ich will Minka kennzeichnen, und wenn du sie triffst, wirst du dich ihrer erinnern.«

Die Frau nahm mich auf den Schoß, tauchte einen feinen Pinsel in ein schwarzes Tintenfaß und malte mir ein wundervoll geschwungenes M auf die Stirn. Mit einem kleinen Schnörkel über der rechten Braue.

»M für Maria«, sagte sie leise.

»Oh, Ihr seid es«, flüsterte ich.

Hadubrant nickte, tupfte mit der Pfote auf das M und sagte: »Na, dann auf Wiedersehen, Minka!«

Er stob davon, und ich sah zu der verständnisvollen Frau auf und meinte: »Ich habe Euer Bildnis oft gesehen.«

»Ja, es gab einmal einen Maler, der es geschafft hat, das Wesen von mir auf Leinwand zu bannen. Es hat den Menschen auf der Erde Trost und Vertrauen geschenkt. Hast du noch einen Wunsch, Minka?«

»Ja, Frau Maria. Bruder Anselm hat mir, als ich ihn verließ, ein Bild aus seiner Seele mitgegeben. Von Euch. Und … mir. Ich wüßte gerne, ob er es gemalt hat.«

»Er hat es gemalt, und es wird deine Aufgabe sein, es den Menschen zurückzugeben. Nun mach dich auf den Weg. Jene, die sich gewünscht hat, daß du zu ihr kommst, wartet schon. Keine Angst, auch wenn es dir anfangs ein wenig ungemütlich erscheint auf Erden – zu Weihnachten bist du in guten Händen.«

Also wanderte ich durch die goldene Katzenklappe hinaus, landete bei einer fürsorglichen Katzenmutter, die mir alles Wesentliche beibrachte. Als sie meinte, ich solle mir endlich mein eigenes Revier suchen, begab ich mich auf die Suche nach derjenigen, die mich haben wollte.

Es war eine harte Zeit, denn ich war im Herbst geboren. Es war schon kalt und das Futter rar. Ich lernte, in Mülltonnen zu stöbern und Reste zu fressen. Mein Fell wurde struppig; ein sehr hübscher Anblick war ich nicht mehr.

Aber kurz vor dem Fest, das die Menschen Weihnachten nennen, traf ich sie dann …

# Futter für den Weihnachtsmann

Die Kinder riefen ihn Père Noël. Zum einen, weil er wirklich Noël hieß, aber das wußte kaum noch jemand. Zum anderen, weil er einen wunderschönen, dichten, schneeweißen Weihnachtsmannbart besaß, obwohl sein Haupthaar schon so gut wie nicht mehr vorhanden war. Auf seinen weißen Bart war Noël stolz und pflegte ihn mit Hingabe. Er reichte wie schimmernde, leicht gewellte Seidenwatte bis auf seine Brust. Ansonsten machte er sich wenig aus seinem Äußeren. Ausgebeulte, derbe Hosen, karierte Flanellhemden, Hosenträger und je nach Witterung drei oder vier Pullover unterschiedlichster Farbe übereinander bildeten seine übliche Bekleidung. Im Sommer trug er ausgetretene Ledersandalen an den knochigen Füßen. Im Winter ersetzte er sie durch grüne Gummistiefel. Seinen kahlen Kopf schützte er vor Sonne, Wind und Regen mit einer schwarzen Strickmütze, und wenn es sehr kalt war, wickelte er sich einen roten Schal um den Hals.

Er wohnte alleine in einem uralten Fischerhäuschen unten an dem kleinen Hafen und pflegte liebevoll die Hortensienbüsche, die neben der Haustüre und an der niedrigen Bruchsteinmauer wuchsen, so daß sie den ganzen Sommer über einen blau-rosa Wall um das Grundstück bildeten. Ansonsten zog er tagein, tagaus, wenn die Ebbe einsetzte, auf das Watt hinaus, um mit einem Eimer und einem Handrechen im feuchten Sand nach Muscheln und Krebsen zu suchen. Er brachte immer einen vollen Eimer mit nach Hause, und die Touristen, sie sich im Sommer ebenfalls an diesem bretonischen Volkssport beteiligten, wurden regelmäßig blaß vor Neid, wenn sie seine Ausbeute sahen. Doch sie wußten nicht, wie genügsam der Alte war – was er sammelte, stellte seine Hauptnahrung dar, zusammen mit dem Wein, in dem er die Muscheln kochte, und dem Brot, mit dem er die Sauce dann auftunkte.

Wenn aber die Flut hereinkam, nahm Père Noël sein Angelzeug und setzte sich draußen auf die Mole. Dort schaukelten die bunten Fischerbötchen auf den Wellen, und dann und wann legte im Sommer auch einmal ein fremdes Segelboot an. Der Alte bot für Dorfbewohner und Besucher ein vertrautes Bild. So einen wie ihn gab es in jedem Hafen. Für gewöhnlich wurden die Angler an solchen Stellen von den kreischenden und höhnisch lachenden Möwen umflattert, die darauf warteten, daß ein Fisch für sie abfallen würde.

Nicht jedoch dort, wo der weißbärtige Alte seine Angel auswarf. Um ihn herum versammelte sich eine gänzlich andere Kundschaft. Es war immer dasselbe Schauspiel – kaum hatte er sich gemütlich niedergesetzt, konnte man beobachten, wie Leben unter den aufgetürmten Gesteinsbrocken aufkam, welche die Umfassung des winzigen Hafens bildeten. Dann kamen aus ihren Verstecken und schützenden Höhlen die mageren wilden Katzen hervor. Manche waren struppige Gesellen, die schon seit Generationen das wilde Leben meisterten. Grau getigert waren sie oder manchmal auch einfach schwarz. Die meisten trugen Narben vom Kampf mit der Natur und ihresgleichen. Da gab es einen abgeknickten Schwanz, eine halbe Pfote, ein eingerissenes Ohr, ein fehlendes Auge, Schrammen im Fell und kahle Stellen. Andere Katzen hingegen sahen gepflegter aus – nicht viel allerdings, denn Sand und Salzwasser ließen auch den schönsten Pelz glanzlos und spröde werden. Eine blauäugige Siamkatze hinkte ein wenig, eine stämmige Mainecoon hatte filzige Stellen im Fell, doch die kleine Burma und die blaugraue Karthäuserin hatten sich gut angepaßt, seit ihre Menschen sie im Urlaub gewissermaßen verloren hatten. Alle Katzen, sowohl die einheimischen wie auch die fremden, wußten genau, daß Père Noël sich um sie kümmerte. Denn was immer er an Fischen an seiner Angel aus dem Wasser holte, teilte er gerecht unter ihnen auf, Tag für Tag, bei jedem Wetter. Nur wenn es sehr stürmisch war und die Wellen über die Mole tobten, dann fanden die Katzen im Schutz der Hortensienhecken seines Hauses eine Schüssel mit Trockenfutter vor.

Keine von ihnen litt je Hunger.

Die Katzen mochten den alten Mann nicht nur, weil er sie fütterte. Nein, sie mochten ihn auch, weil er mit ihnen sprach. Ein bißchen brummig war sein Tonfall schon, aber er hatte für jede von ihnen einen Namen gefunden, und nach und nach hatten sie sich daran gewöhnt und hörten darauf, wenn er sie rief. Sie waren für ihn und die Dorfbewohner und auch untereinander Madeleine und Emmi, Minette und Minou, Alwin und

Merlin, Gris-Gris und Jeannette, Huel und Pierre. Sie kamen auch zu ihm, wenn sie verletzt oder krank waren, denn er wusch ihre Wunden aus, flößte ihnen Kräutertropfen ein und richtete ihnen ein Lager in seinem Haus, wenn sie eine Weile ausruhen mußten. Er hielt sie jedoch nicht fest, er akzeptierte ihren Wunsch nach Freiheit und Unabhängigkeit. So, wie auch er seine Freiheit und Unabhängigkeit liebte. Er hatte für die Katzen unten in seine Haustür eine Öffnung gesägt und mit einem dicken Lederlappen so verhängt, daß die Patienten, wenn sie denn wieder genesen waren, jederzeit das Haus verlassen oder auch zurückkehren konnten, wenn es notwendig war.

Der Winter war, wie in jenem Landstrich üblich, mild, doch am Weihnachtsmorgen war es plötzlich sehr kalt geworden. Ein eisiger Wind fegte über das Meer. Als Père Noël gegen Mittag aus dem Haus trat, um zum Strand zu gehen, rutschte er schon vor der Haustür aus und fiel so unglücklich auf die hartgefrorene Erde, daß er für einen Moment das Bewußtsein verlor. Als er wieder zu sich kam, schmerzte ihn sein Fuß entsetzlich und machte es ihm unmöglich aufzutreten. Er kroch in sein Häuschen zurück und bekam gerade noch den Stiefel ausgezogen, ehe der verrenkte Knöchel dick anschwoll. Er bandagierte ihn fest, setzte sich dann erschöpft in seinen Sessel und hoffte, die Schmerzen würden bis zum Abend abklingen.

Überall im Dorf feierte man das Weihnachtsfest. Aus den Fenstern leuchtete es golden von Kerzenlicht, aus den Kaminen kräuselte sich der duftende Holzrauch in die sternfunkelnde Nacht, und die Glocken der Dorfkirche läuteten. Die Menschen in ihren warmen, geschmückten Häusern fanden sich zu ihrem festlichen, üppigen Mahl im Kreise ihrer Familien und Freunde zusammen. Nur das Fischerhäuschen blieb dunkel. Hier gab es an diesem Abend keinen Gänsebraten, keine heiße Suppe, kein knuspriges Brot mit salziger Butter, keine delikaten Häppchen, keine würzigen Käse, keine Soufflés, keine Pralinés und keine Kekse. Es gab noch nicht einmal Muscheln, sondern nur einen Rest altbackenen Brotes. Père Noël hatte es nicht geschafft, aus dem Haus zu humpeln, und seine Nachbarn hatten den Eigenbrötler wegen ihrer eigenen Festtagsvorbereitungen völlig vergessen.

Die menschlichen Nachbarn, andere nicht …

Am Strand geschah etwas Ungewöhnliches. Aus den Höhlen unter den Steinen kamen schweigend und leise die Katzen hervor. Sie versammelten sich in einem großen Kreis unterhalb der Mole, und wenn auch kein Laut zu hören war, so tauschten sie doch ihre Gedanken aus. So wie es Katzen, die in freier Gemeinschaft miteinander leben, eben tun. Es ging nicht sehr schnell, denn es gab vieles zu bedenken. Manche hatten Einwände, andere wirre Ideen, die eine Katze war vorlaut, die nächste schüchtern. Nur in einem waren sie sich einig: Es mußte etwas getan werden. Schließlich, als der Mond seinen langen, glitzernden Silberstreif über das aufgewühlte Meer warf, löste sich die Versammlung auf, und eine jede Katze lief eilig dem selbstgewählten Ziel zu.

Einige hatten sich wirklich schwierige Aufgaben gestellt, andere fanden einfache Lösungen für ihr Vorhaben. Letztlich war eine jede erfolgreich. Denn wenn eine Katze in ein Haus will, dann kommt sie auch hinein. Und wenn eine Katze aus einem Haus hinaus will, dann schafft sie auch das.

Jeannette, die hinkende Siamkatze, war die erste, die ihre Beute machte. Sie hatte vor geraumer Zeit einen Einschlupf in das Haus von Madame Rougette, der Besitzerin des Schönheitssalons, gefunden. Da sie äußerst geschickt in kleinen Diebstählen war, gelang es ihr, in einem unbeaufsichtigten Moment in der Küche etwas zu organisieren. Mit einem gebratenen Hühnerbein im Maul trabte sie auf das Fischerhäuschen zu. Sie stieß den Lederlappen zur Seite und trat in die dunkle Stube. Père Noël saß noch immer in seinem Sessel, er war nun aber in der Dunkelheit ein wenig eingenickt. Jeannette hüpfte auf seinen Schoß und murrte in ihrer feinen Siamstimme leise auf ihn ein. Er erwachte und betrachtete erstaunt das noch warme Hühnerbein.

»Das war sehr ungezogen von dir, Jeannette!« ermahnte er sie, aber so ganz vorwurfsvoll hörte es sich nicht an. Darum ließ sie ihre Beute auf den Tisch fallen und musterte ihn herausfordernd.

In diesem Moment kam Minou ins Haus, sie kollerte eine dicke Orange vor seine Füße. Sie hatte sich in das Haus des Metzgermeisters eingeschmuggelt und dort die Obstschale umgekippt. Das Pfotenspiel mit runden Gegenständen hatte ihr schon immer Freude bereitet, weshalb sie den langen Weg in kürzester Zeit zurückgelegt hatte. Ihr folgte Minette mit einem halben Baguette. Ein bißchen sandig war das Brot unterwegs leider geworden, weil es ihr erst einmal aus dem Fenster gefallen und dann so unhandlich zu schleppen war, aber es war ganz frisch und knusprig, und wenn man es abwischte, konnte man es noch genießen.

Jeannette, Minou und Minette hockten nebeneinander mit verschränkten Schwänzen vor dem Tisch und schienen förmlich zu grinsen.

Père Noël verstand und begann zu lachen. Dann humpelte er in seine Küche, brachte einen Teller, Bestecke und eine Kerze herbei und richtete den Tisch für sein Weihnachtsmahl.

Pierre, der einäugige Kater, hatte sich etwas ganz Besonderes vorgenommen. Bei dem Bürgermeister des kleinen Örtchens hatte sich eine größere Gesellschaft versammelt, die sich an einem umfänglichen Buffet labte. Die Käseplatte war überaus reichhaltig sortiert. Dieser genau richtig gereifte Camembert sollte es sein, beschloß Pierre, der gelegentlich auch ein Genießer war. In einem Augenblick, als alle in Ahs und Ohs über das flambierte Soufflé ausbrachen, schubste er ihn von der Platte und rollte ihn zur Tür. Es war nicht einfach, mit dem Käse im Maul unbemerkt zwischen all den Beinen hindurchzuschleichen. Doch in einem gut gewählten Augenblick gelang es ihm, aus der Tür zu huschen, als ein Nachzügler eingelassen wurde. Beinahe hätte man ihn erwischt, denn die Besitzerin der Papeterie schrie: »Huch, da ist etwas an meinen Beinen entlanggestrichen.«

Glücklich in den Schutz der Nacht entkommen, packte Pierre den Käse mit den Zähnen. Daß er dabei einen Happen verschluckte, darf man ihm nicht ankreiden. Er schaffte es, mehr als die Hälfte zu Père Noël zu bringen. Hier hatten währenddessen die beiden kleinen Söhne von Minette jeweils eine Clementine und einen Bratapfel herangerollt. Der Apfel war jedoch in keinem guten Zustand.

Huel mit dem halben Schwanz hatte das Haus des Pfarrers belauert und fand zu seiner großen Freude, daß der gute Abbé den Wein zum Kühlen vor das Fenster gestellt hatte. Sehr vorsichtig begann der Kater, eine Flasche davon den Gartenweg hinunterzurollen. Umsichtig hielt er sie fest, als er an den Bordstein kam. Er wußte aus unschöner Erfahrung, wie schnell Flaschen zerbrechen konnten und scharfe Scherben bildeten. Père Noël hatte ihm erst kürzlich eine böse Schnittwunde verbinden müssen, die er sich an einem Glas geholt hatte, das unaufmerksame Menschen am Strand liegengelassen hatten. Ihm war das Glück in dieser Nacht jedoch hold, der Weg zum Fischerhäuschen war leicht abschüssig, er mußte die rollende Flasche nur ein wenig mit den Pfoten korrigieren. Dann kostete es noch einmal eine kleine Anstrengung, sie durch die Katzenklappe in der Tür zu bugsieren, aber dabei half ihm die pfotenfertige Jeannette schließlich.

Gris-Gris, die graue Karthäuserin, war inzwischen auch eingetroffen. Stolz, mit aufgerichtetem Schwanz und funkelnden Augen, präsentierte sie einen Beutel mit selbstgemachten Pralinés aus dem Haus der Dorfschullehrerin. Sie war nur um Haaresbreite unentdeckt entkommen, als zwei Kinder mit ihren kleinen Präsenten an der Tür klingelten.

Père Noël lobte sie genauso ausgiebig wie die anderen zuvor und streichelte ihr samtiges Fell. Zufrieden rollte Gris-Gris sich neben Minette vor dem Kamin zusammen.

Merlin, der alte Kater mit den vielen Schrammen und Narben, hatte einen besonderen Fang gemacht. Bei dem als Feinschmecker bekannten Garagisten Kermichel fand sich in der Küche ein Döschen Kaviar. Merlin ahnte zwar nicht, daß es der besondere Leckerbissen war, den sich Kermichel an diesem Tag mit selbstgemachten Blinis und saurer Sahne gönnen wollte. Aber Dosen enthielten gewöhnlich Köstlichkeiten, wie der Kater in seinem langen Leben gelernt hatte. Darum stupste er mit geübter Pfote seine Beute vom Küchenbord und rollte sie durch die Terrassentür, als der Hausbesitzer die Weihnachtsbeleuchtung an dem Tannenbaum im Garten anstellte. Der empörte Schrei, den Kermichel ausstieß, als er den Diebstahl entdeckte, gellte Merlin noch in den Ohren, nachdem er die Hortensienbüsche vor dem Fischerhaus erreicht hatte.

Bella traf zusammen mit ihm ein und gurgelte zufrieden, als sie es endlich geschafft hatte, mit dem gebackenen Fisch im Maul durch den Einschlupf zu kriechen. Bevor es ihr gelang, mit ihm auf den Tisch zu springen, auf dem sich inzwischen die Köstlichkeiten häuften, zerbrach der Fisch in zwei Stücke, und so betrachtete sie es als ihr gutes Recht, das kleinere, das auf dem Boden geblieben war, selbst zu verspeisen, was ihr einen Rüffel von Jeannette eintrug. Père Noël jedoch lobte sie, wie er eine jede von ihnen bisher gelobt hatte.

Die kleine Burma hatte es sich richtig schwergemacht. Sie war eine ganz zierliche Katze, mehr Fell als

Fleisch, und mühte sich mit einer gewaltigen Portion Marzipanstollen ab. Sie hatte die deutsche Familie überfallen, die das geräumige Ferienhaus hinter der Düne gemietet hatte. Der Kuchen war in einem Beutel verpackt, auf dem Glitzersterne klebten – ein Geschenk, das man den Abtrünnigen nachgeschickt hatte, die sich weigerten, die Feiertage in der Heimat zu verbringen. Diese goldenen und silbernen Sternchen blieben bei dem unbeholfenen Transport auf der Strecke, und als sie das Fischerhaus erreicht hatte, konnte man ihren Weg anhand der Glitzerspur gut verfolgen.

Emmi mit der halben Pfote verursachte auch eine Spur. Sie hatte in der Boulangerie eine Tüte gesalzener Nüsse ergattert, die leider an einer Ecke aufgerissen war. Immerhin – noch gut die Hälfte kam bei Père Noël an.

Es waren diese beiden Spuren, die das Treiben der Raubkatzen schließlich ans Licht brachten. Die Zwillingssöhne des Bürgermeisters, Jean und Francis, die ihre Weihnachtsgeschenke, zwei Fahrräder, doch noch mal ganz schnell vor der Tür ausprobieren mußten, sahen die Nüsse und vor allem die flimmernden Sternchen auf der Straße liegen. Sie wunderten sich kurz darüber, aber gleich darauf fiel ihnen Madeleine, die Tigerkatze, auf, die von der Patisserie zum Fischerhäuschen strebte und eine Tüte Schokoladenbonbons hinter sich herzerrte.

Neugierig ließen sie ihre Fahrräder stehen und schlichen ihr vorsichtig nach.

»Sie bringt ja Père Noël ein Weihnachtsgeschenk!« flüsterte Jean und kicherte.

»Das macht ja auch sonst keiner!« stellte sein Bruder plötzlich sehr viel ernster fest. »Armer Père Noël.«

Auch Jean betrachtete nachdenklich die emsige Madeleine, die eben durch den Einschlupf in der Tür verschwand. Die beiden waren gutmütige Jungen, und ein gegenseitiger Blick genügte, um sich miteinander zu verständigen. Der alte Mann war immer nett zu ihnen und hatte ihnen im Sommer die besten Stellen zum Muschelsuchen gezeigt. Daß er sich um die streunenden Katzen kümmerte, war allen im Dorf wohlbekannt.

»Schau, noch eine Katze! Sie hat eine Wurst dabei«, wies Francis seinen Bruder hin. »Und wie sie sich anstrengt!«

Alwin, der aufstrebende Jungkater, trug voller Stolz quer im Maul seine Trophäe, machte aber einen ängstlichen Satz, als er die Jungen erblickte, und huschte geschwind unter eine Hecke, wobei er die Wurst mitten auf der Straße verlor. Jean hob sie auf und legte sie dort ab, wo der Kater verschwunden war.

»Was macht ihr denn hier?« fragte eine helle Mädchenstimme hinter ihm.

Das deutsche Mädchen aus dem Ferienhaus hinter der Düne hatte die Jungen vom Fenster aus beobachtet und war neugierig geworden. Ein wenig holperig klang ihr Französisch zwar noch, aber sie verstand, was die Zwillinge ihr erzählten.

»Ich werde es meiner Mutter sagen. Wir bringen ihm Kuchen. Sie mag den Vater Noël auch.«

»Und wir sollten es Maman sagen. Sie kann Père Noël bestimmt etwas von unserem Buffet hinüberbringen.«

Madame hörte sich wie die anderen Gäste die Geschichte ihrer Kinder mit wachsendem Erstaunen an.

»Natürlich bringen wir ihm etwas vom Buffet!« entschied der Bürgermeister. »Marie, mach ein Tablett fertig, ich trage es selbst zu ihm hinüber.«

Jean und Francis zwinkerten einander zu.

»Was die Katzen können, können wir auch!«

Unbemerkt schlichen sie sich aus dem Haus, als ihr Vater mit einem wohlgefüllten Korb zum Fischerhaus marschierte. Die Tochter des Bäckermeisters hörte sich genauso begeistert die Geschichte an wie der Sohn des Metzgers, der wiederum hinterbrachte es dem Pfarrer, der sofort mit Kermichel, dem Garagisten, sprach, der die Lehrerin aufsuchte, welche Madame Rougette benachrichtigte, die in der Patisserie vorbeischaute.

Als der Bürgermeister an Père Noëls Tür klopfte, wurde er von innen hereingerufen. Das Bild, das sich ihm bot, war umwerfend. Der weißbärtige Alte saß in seinem Sessel, den verbundenen Fuß auf einen Schemel gelegt. Auf seinem Tisch häuften sich die seltsamsten Lebensmittel. Und überall saßen Katzen – sehr aufrecht, mit gespitzten Ohren und peitschenden Schwänzen. Ihre Augen leuchteten gespenstisch in dem nur von einer Kerze und dem Kaminfeuer erhellten Raum, und ihre Blicke waren starr auf den Besucher gerichtet.

Père Noël wies mit einer sehr beredten Geste auf seinen Fuß und sagte: »Monsieur le Maire, Sie werden entschuldigen, wenn ich nicht aufstehen kann. Heute morgen habe ich einen kleinen, dummen Unfall gehabt.«

»Bleiben Sie sitzen, um Himmels willen. Warum haben Sie uns nicht verständigt?«

»Ich wollte nicht stören, Monsieur. Sie haben Gäste. Und – wie Sie sehen, ich auch!«

»Was für ein Weihnachtsfest!«

Der Bürgermeister schüttelte, noch immer überwältigt, den Kopf, stellte seinen Korb ab und beugte sich zu Pierre, dem einäugigen Kater, hinab.

»Dich habe ich doch vorhin in unserem Haus gesehen?«

»Einen sehr wohlschmeckenden Käse hat er mir gebracht.«

»Ah, Räuber, du!« meinte der Bürgermeister, doch es klang nicht böse, sondern nur bewundernd. Ganz vorsichtig strich er dem schwarzen Kater über das rauhe Fell. Erst zuckte Pierre ein Stückchen zurück, aber ein Brummen von Père Noël beruhigte ihn, und er ließ sich weiter streicheln.

Als ob das ein Zeichen gewesen wäre, kamen nun die menschlichen Besucher einer nach dem anderen mit ihren Taschen und Tüten, Körben und Tabletts, Flaschen und Gläsern. Das Fischerhäuschen war fast zu klein für all die Menschen und Katzen, die sich zusammenfanden und ein höchst improvisiertes Festessen um Père Noël einnahmen. Dabei kamen übrigens die Katzen nicht zu kurz …

Schließlich, als sich das Fest schon fast dem Ende zuneigte, maunzte es noch einmal vor der Tür. Dindon, der graue Mainecoon-Kater, der am längsten gebraucht hatte, um einen Beitrag zu Père Noëls Weihnachtsessen zu leisten, war endlich auch eingetroffen. Er war nicht der Klügste unter seinesgleichen, doch er liebte den alten Mann innig. Darum hatte er sich auch besondere

Mühe gegeben. Stundenlang hatte er in der eisigen Kälte ausgeharrt und gelauert. Nun legte er mit großer Geste eine fette Maus auf den Teller vor Père Noël.

In genau diesem Moment wußte er jedoch, daß er wieder einmal alles falsch gemacht hatte, und erwartete mit hängendem Schwanz das übliche hämische Gelächter.

Doch es lachte niemand.

Statt dessen strich ihm Père Noël zärtlich über den Kopf, murmelte ihm lobende Worte in die Ohren und hob ihn schließlich auf seinen Schoß.

Dindon war unendlich glücklich.

Ach ja, seit jenem Weihnachtsabend gab es in dem Dorf keine streunenden Katzen mehr. Nicht, weil sie ausgewandert wären, sondern weil sie alle auf ihre Weise ein neues Heim gefunden hatten.

Pierre, der Einäugige, fand sein Zuhause bei dem Bürgermeister, wo er sich wunderbar mit den beiden Zwillingen verstand. Sein rauhes Fell schimmert seitdem wie glänzende Seide. Huel mit dem halben Schwanz und seine Freundin Bella teilen ihr Heim mit dem Pfarrer und besitzen zwischen den uralten Grabsteinen auf dem Kirchhof ein ergiebiges Jagdrevier. Aber auch ihre Futternäpfe sind immer gut gefüllt. Emmi mit der halben Pfote entdeckt man zwischen den Brotkörben der Boulangerie behaglich zusammengerollt, und ihr Fell duftet jetzt häufig nach frischgebackenem Brot. Die Lehrerin verliebte sich in Gris-Gris, was auf Gegenseitigkeit beruhte, und sie verzieh ihr umgehend den Diebstahl der Pralinés. Merlin hingegen freundete sich mit dem Garagisten Kermichel an, der in ihm einen gleichgesinnten Feinschmecker fand. Der struppige Kater bekam auf seine alten Tage von nun an jeden Sonntag ein Häppchen Kaviar, bis er im Frühling friedlich einschlief. Minette und ihre beiden Kleinen zogen in den Kindergarten, wo sie herrlich mit dem Nachwuchs des Dorfes herumtoben dürfen. Minou und der stramme Jungkater Alwin wurden in der Boucherie aufgenommen, wo sie bald ernste Gewichtsprobleme bekamen. Die Besitzerin der Patisserie lud Madeleine zu sich ein, ein Angebot, das gerne angenommen wurde. Jeannette, die geschwätzige Siamesin, bezog den Schönheitssalon und dient Madame Rougette mit ihren eleganten Posen trefflich als Aushängeschild. Die kleine Burma hingegen verließ das bretonische Dorf. Sie reiste mit der deutschen Familie nach den Weihnachtsferien ab.

Dindon blieb bei Père Noël, und irgendwie schien es, als würde er mit jedem Tag klüger. Morgens sieht man ihn nämlich immer mit wachsamem Blick auf der Zeitung liegen …

Doch an den schönen Tagen, wenn Père Noëls weißer Bart auf der Mole im Sonnenlicht aufleuchtet, dann kann keiner der neuen Katzenbesitzer sein Tier bei sich behalten. Dann versammeln sich alle, die geblieben sind, wie in alten Zeiten am Strand und warten geduldig auf ihr Häppchen Fisch.

# Der Barockokoengel

Es war besser so. Alles war besser, als in diesem Haus von Bosheit und Streit zu leben. Alles, sogar wenn einem die Pfoten beinahe abfroren und sich Eiskristalle an den Schnurrhaaren bildeten.

Ich hatte die Konsequenzen gezogen und war ausgezogen. Vier Straßen weiter war ich gewandert und fand einen alten Friedhof, der nicht uninteressant war. Er gehörte zu einer kleinen Kirche mitten in einem Wohngebiet und war zum Glück nicht sonderlich gepflegt. Ich war also weitgehend ungestört. Vor allem von Menschen. Mit denen hatte ich abgeschlossen. Endgültig und grundsätzlich. Lieber schlug ich mich mit dem Revierfürsten hier herum. Zum Glück war die Versorgung nicht schlecht. Ich hatte eine gute Kralle für Müllbeutel entwickelt.

Ich hatte sogar Glück im Unglück. Dieser schwachköpfige Köter, der unbedingt mein Blut sehen wollte und mich fast bis zur Atemnot gejagt hatte, war der Grund, weshalb ich diesen engen Einschlupf gefunden hatte. Kurz bevor er mir das Fell über die Ohren ziehen konnte, war ich, ohne groß über die Folgen nachzudenken, in ein Loch dicht an der Kirchenmauer gesprungen, fand ein zerbrochenes Eisengitter, zwängte mich hindurch und befand mich plötzlich im Trockenen und Warmen.

Großartig!

Draußen kläffte sich der Verlierer frustriert die Seele aus dem Leib.

Ich sah mich um.

Dunkel war es, aber auf meine Augen war Verlaß. Ein paar spinnwebbehangene Kerzenleuchter standen herum, zerbrochene Holzbänke lehnten an der Wand, und ein Stapel zerfledderter Bücher war umgekippt. Sie und ein paar staubige Decken luden geradezu ein, sich daraus ein Lager zu machen. Ich rupfte und zerrte daran, scheuchte eine Mäusefamilie auf – zwei überlebten, man muß an morgen denken – und legte mich zu einem wohlverdienten Schläfchen nieder.

Die Ruhe währte leider nicht lange. Ein erschreckendes Geräusch, das von irgendwoher über mir drang, störte empfindlich meinen Schlummer. Es war ein Heulen und Jaulen, daß sich mir die Rückenhaare aufstellten.

Nun ist eine unverwechselbare Eigenart der Katzen die bohrende Neugier, und ich konnte es nicht lassen, dem schrägen Gejaule nachzuspüren. Es gab eine schmale, ausgetretene Stiege, die hinauf führte, und ich befand mich plötzlich hinter einem Bretterverschlag, der recht intensiv nach Heu und Stroh roch. Gar nicht schlecht, war mein erster Gedanke, und die Erinnerung an eine glücklichere Zeit wurde in mir wach. Dann begann jedoch wieder eine hohe Mädchenstimme zu quaken: »Stihille Nacht, heilige Nacht …«

»Püppi, c, nicht cis«, mahnte eine andere, ältliche Stimme sanft.

Ich schlich vorsichtig um den Verschlag herum und

wähnte mich in einem Stall. Ein Stall ist gut, dachte ich, Ställe kannte ich von früher. Da lag doch tatsächlich ein Rindvieh auf dem Boden und glotzte mich unbewegt an. Aber irgendwas irritierte mich. Ah ja, das Rind sah zwar aus wie ein Rind, roch aber nicht wie Rind, und der Esel roch nicht nach Esel, und das Schaf roch nach Pappe und Klebstoff. Immerhin, das Stroh auf dem Dach war echt, und das Heu, in dem das Viehzeug lag, schien auch von einer richtigen Wiese zu stammen. Das Menschenkind mit den langen goldenen Haaren war leider auch echt. Es öffnete wieder den Mund, und ich trat unaufgefordert den Rückzug an.

In meinem Kellergelaß steckte ich Kopf samt Ohren unter die Decke und hoffte, der Schrecken ginge bald vorüber. Dem war nicht so. Immerhin hatte der bissige Kläffer sich endgültig verzogen, und ich erkundete die Möglichkeit, wieder hinauszuschlüpfen. Mit ein bißchen Akrobatik gelang mir das auch, und ich machte die Runde im Kirchhof. Dabei beobachtete ich geraume Zeit später, wie eine Gruppe junger Menschen, darunter auch die goldgelockte Nervensäge, die Kirche verließ. Eine magere Frau scheuchte sie heraus, blieb aber in dem Gebäude. Nun, die hatte nicht gesungen, also konnte ich wohl ungehindert zurückkehren.

In dem Gewölbe war es warm und weitgehend ruhig. Nur einmal ließ mich ein verzücktes Stöhnen aufschrecken.

»Ach, Gotthilf!« seufzte jemand. »Gotthilf! Ahhh! Gott! Hilf!«

Na ja, es war eine Kirche. Und die Menschen glauben an Gott. Er half wohl auch. Ich hatte da zwar so meine

Bedenken, denn Bastet, die einzig wahre Göttin, spurt nicht so einfach, wenn man sie ruft. Macht doch keine Katze, oder?

Jedenfalls klappte noch einmal oben die Tür, und dann war Ruhe im Karton. Zeit für einen Rundgang!

Also, da war dieser nachgemachte Stall mit den leblosen Tieren. Ich stupste sie sicherheitshalber mit der Pfote an, aber da zuckte nichts. In einer Futterkrippe lag ein rosiges, nacktes Kleinkind, das sich ebenfalls nicht regte, als ich vorsichtig an ihm kratzte. Es lebte also nicht mehr, da war ich ganz sicher. Kinder können sehr durchdringend kreischen, wenn man sie kratzte, wie ich in meinem Leben hinreichend erfahren hatte. Sie konnten einen auch treten, schlagen und einem am Fell zerren.

Der Duft des Heus machte mich benommen, und ich döste für eine Weile ein. Später weckte mich ein leises Hungergefühl, und ich setzte meine Erkundungen fort.

Das Gebäudeinnere war hoch und weitläufig, roch süßlich nach kaltem Weihrauch und Kerzenwachs. Es gab da viele Bankreihen, noch mehr geschnitztes Holz an den Wänden, einen gedeckten Tisch, auf dem sich aber nichts Eßbares befand, nur ein paar Tannenzweige und ein kaltes Metallkreuz. Alles in allem wirkte das Ambiente recht verschnörkelt und ließ mich hoffen, unter dem Schnitzwerk aus Blättern, Blüten und Ranken noch ein paar Mäuse zu finden. Sie lieben solche Höhlungen. Ich schnupperte die Wände ab und wurde fündig. Als ich genüßlich meine Beute verspeiste, ließ mich ein scheppernder Glockenton zusammenfahren. Mußte das sein? Nach zwölf Schlägen hatte das Gebimmel zum

Glück ein Ende. Ich verzehrte auch noch den Schwanz des Graupelzchens und begann mich zu putzen, wie es sich nach einem reichen Mahl gehört. Wirklich keine schlechte Unterkunft, die ich hier gefunden hatte, dachte ich, doch dann traf mein empfindliches Ohr eine weitere, unerträgliche Lärmbelästigung. Ein Quäken, schräg und blechern, hallte durch die Kirche. Erst glaubte ich, eines der Menschenkinder habe sich noch irgendwo versteckt, aber ein schneller Blick in die Runde zeigte mir, daß ich eigentlich alleine war. Was also tönte da so zahnschmerzerzeugend herum? Ich erspähte den Urheber erst, als ich meine Augen entnervt nach oben rollte.

Neben einem seltsamen Heiligen mit Bart und spitzer Mütze thronte auf einer Säule, vergoldet, wie so vieles hier, ein pausbäckiges Kleinkind und pustete in eine – vergoldete – Tröte. O Heiland, reiß die Himmel auf!

»Hör sofort auf, du Knallpfeife!« fauchte ich das Kleinkind an.

»Was?«

»Ruhe da oben!«

»Nichts da. Ich habe zu üben.«

»Das ist wohl wahr. Aber nicht jetzt und hier!«

»Aber gerade jetzt. Und ausschließlich hier! Verdrück dich, wenn's dir nicht gefällt!«

Ich hob den Schwanz und markierte den – vergoldeten – Fuß der Säule.

»Mein Revier!« stellte ich sachlich fast. »Du hast keine Marke hinterlassen.«

»Igitt, was bist du für ein Ferkel!«

»Und du bist dümmer als ein Pack Spitzmäuse. Ich bin ein Kater, kein Ferkel.«

»Ich bin ein Cherub, und das ist allemal mehr als ein mottenzerfressener Pelzbeutel.«

»Wenn ich ja wüßte, welche Bedeutung Cherubse haben, würde ich dir eventuell beipflichten, aber für mich bist du lediglich ein großmäuliges Menschenjunges. Und Menschen kann ich nicht leiden!«

»Ungebildeter Carnivore! Cherubim heißt es, und wir gehören zu den Mächtigen, den Hütern des Paradieses.«

Der Cherub flatterte heftig mit den kleinen Flügeln auf seinem Rücken und wirbelte Staub auf. Ich mußte niesen.

Dann trötete er wieder.

Es war schrecklich.

Ich sprang also rauf auf den Heiligen, die hinteren Pfoten in den Bart gekrallt. Blitzschnell ließ ich eine Pfote durch die Luft peitschen und – ratsch – hatte ich ihm das vergoldete Fummelchen runtergerissen, das seine Blöße so notdürftig bedeckte. Der Cherub griff danach und schlug mit der Tröte nach mir.

Ich rutschte von der heiligen Mütze und konnte mich gerade noch an einem – vergoldeten – Schnörkel abfangen.

Der Cherub trötete, er käme vom Himmel hoch daher, was ich ihm nicht glaubte. Also, noch einmal rauf und die Kralle raus. Federn stiebten auf, und das Blase-Balg hörte auf zu tuten. Dafür flatterte es, und die tanzenden Federchen nahmen mir die Sicht. Ich stürzte endgültig ab, und von oben kam der Rat, ich möge froh und munter sein. Es klang leider sehr triumphierend. Ich nahm es dem Cherub übel und überlegte mir eine andere Strategie. Da gab es eine Balustrade – wie üblich vergoldet. Vielleicht, wenn ich ihm von oben käme ... Sozusagen vom Himmel hoch! Also, rauf auf den gedeckten Tisch, am Kreuz vorbei, das heftig schwankte, die Ornamente hoch – ist ja ein Kinderspiel für eine Katze, die sich bis in höchste Baumwipfel aufschwingen kann. Mit einem kühnen Sprung hatte ich die Brüstung erreicht. Der Pausbäckige saß unter mir. Ich hätte ihm ins Genick springen können.

Ja, hätte ich, wenn ich nicht plötzlich von der Erinnerung übermannt worden wäre. War das hoch hier! Irgendwas in mir fing an zu zittern, und mein Magen strebte meiner Kehle entgegen. Nein, nicht schon wieder!

Der Trötenbengel gab mir den Rat, mein Herze solle fröhlich springen. Es war am Zerspringen.

Ganz langsam und sehr vorsichtig zog ich meine Pfoten vom Abgrund zurück. Ich geriet ins Trudeln, fürchtete zu stürzen, fand einen kleinen Halt und schloß kurz die Augen, damit die Welt aufhörte, sich zu drehen. Endlich, nach einer unsäglichen Anstrengung, hatte ich den Boden der Balustrade erreicht. Mit hängenden Ohren und hängendem Schwanz, gedemütigt und noch immer unsicher auf den Pfoten, trat ich den Rückzug über die schmale Treppe an und verkroch mich schließlich im Keller unter den staubigen Decken. Trotzdem drang hämisch die Drohung an die Kinder zu mir, daß es morgen etwas geben würde.

Cherub – so ein Spinner.

Der kommende Tag fing auch nicht gut an. Menschen strömten in die Kirche, und ein Mann mit schütterem Haar und pompöser Kleidung zog eine Schau vor dem

Tisch ab. Ich verdrückte mich unauffällig auf den Kirchhof, als die Gemeinde zu singen begann. Sie jammerten sich zu Orgelbegleitung durch zahllose Strophen langweiliger Lieder, und ich mußte bis ans Ende der Eibenhecke fliehen, um den Geräuschen zu entkommen. Ich bin nun einmal ein musikalischer Kater. Mein eigener Gesang war melodiös und vollmundig. Vor allem, wenn es darum ging, einer Liebsten ein Ständchen zu bringen. Manchmal, in hellen Nächten, trafen wir aus der Bruderschaft uns auch zum gemeinsamen Chorgesang. Völlig unverständlich wird mir immer bleiben, weshalb manche Menschen in solchen Fällen mit harten Gegenständen nach uns werfen.

Im Laufe des Tages kehrte endlich Ruhe ein, und ich machte meinen Kontrollgang durch das Revier. Drei Mäuse verspeiste ich sowie eine halbe Bratwurst, die unter einer der Bänke lag. Dann gönnte ich mir einen ausgiebigen Schlummer im Heu neben dem geruchlosen Rind.

Erst die zwölf Glockenschläge weckten mich auf. Und wie nicht anders zu erwarten, setzte das Tröten wieder ein.

»Mann, hör auf damit!« fauchte ich nach oben.

»Verzieh dich, wenn's dir nicht gefällt!«

Ich musterte den Heiligen nachdenklich und überlegte, ob ich den Mut finden würde, noch einmal zu ihm hochzuspringen und dem Cherub die Kralle über die Pausbäckchen zu ziehen.

»Feigling!« höhnte es von oben. Dann machte jemand die Tür hoch und die Tore weit.

Wie gesagt, ich kann auch singen. Meine besten Arien entspringen meiner Kehle, wenn ich richtig wütend bin. Dann brumme ich, Baß, ganz unten. Langsame Steigerung bis hin zu einem grellen Kreischen. Das Tröten hörte auf.

»Saustark!« kommentierte der kleine Flattermann auf der Säule mit unüberhörbarer Bewunderung in der Stimme.

Das verblüffte mich.

»Viel besser als diese Kinder.«

»Wohl wahr!« gab ich ihm, einigermaßen besänftigt, zurück. Der Cherub flatterte noch mal und kam zu mir nach unten gesegelt.

»Wie heißt du, Kater?«

Ich nahm etwas Abstand von ihm, aber er legte seine Tröte erst einmal neben sich.

»Warum willst du das wissen?« fragte ich mißtrauisch.

»Weil ich einen Künstler wie dich mit Namen anreden und nicht einfach Kater nenne möchte.«

Na gut, wenn er mir so schmeichelte …

»Rasmus. So haben mich wenigstens die Menschen genannt.«

»Kannst mich Cherry nennen. Wir sollten zusammen musizieren.«

»Nein. Auf gar keinen Fall. Diese Tröte ist grauenvoll.«

Mich verblüffte, daß Cherry betroffen auf das rostige Ding in seiner pummeligen Kinderhand blickte. Die Vergoldung war an vielen Stellen abgeblättert, und außerdem wies es etliche Dellen und Beulen auf.

»Ja, ich weiß, das Instrument ist schon ein wenig ramponiert. Vor gut dreihundert Jahren war es mal ganz hübsch. Hat sich damals auch ein bißchen besser angehört.«

»Warum tutest du denn dann noch immer darauf herum?«

»Weil Weihnachten ist. Da tuten Engel!«

»Na, wenn du meinst.«

»Ja, alle Jahre wieder!«

»Ah ja.«

»Hast doch selbst gesehen, daß die Menschen das brauchen.«

»Hab' ich nicht gesehen.«

»Doch, du warst hinter dem Stall, als sie das Krippenspiel eingeübt haben. Ich hab' dich beobachtet.«

»Krippenspiel?«

»Diese Hütte bauen sie zu Weihnachten immer auf und legen diese Puppe in die Krippe. Dann kommen Maria und Josef und die Heiligen Drei Könige und die Hirten und der Verkünde-Engel. Maria ist diesmal leider eine völlige Fehlbesetzung. Sie ist noch schlimmer als meine Tröte.«

»Ist das die Frau, die das Kind in den Armen wiegt?«

»Genau.«

»Machen die das ständig?«

»Nee, sie üben nur noch diese Woche, dann ist am Heiligabend ihr Auftritt. Danach ist wieder Ruhe im Haus.«

»Na, in den Zeiten, in denen sie ihre Lieder proben, werde ich mir draußen die Pfoten vertreten.«

»Du hast's gut.«

»Kannst ja mitkommen.«

»Geht nicht. Ich muß hier die Dekoration bilden. Kann nur nachts ein wenig herumflattern.«

»Armer Kerl!«

»Ach, geht schon irgendwie. Nur einsam ist es hier. Früher gab es da drüben auf der Säule noch einen Cherub wie mich, aber der mußte der Beleuchtung weichen. Er hatte eine Harfe.«

Ich dankte den Menschen für die Beleuchtung. Eine verstimmte Tröte und eine verstimmte Harfe – das wäre die Hölle in der Kirche! Aber gegen einen kleinen Plausch mit Cherry hatte ich nichts einzuwenden. Wir redeten über dies und das, und ich erfuhr, daß der Chef in der Kirche Pfarrer Bäuerlein war und die magere Frau, die mit den Kindern das Krippenspiel einübte, als Leiterin des Kirchenchores fungierte und Niemaier hieß. Ich hatte allerdings nicht vor, nähere Bekanntschaft mit ihr zu schließen.

Schließlich meinte Cherry: »Genug geschwatzt, Rasmus, ich muß wieder üben.«

Mein freundschaftliches Gefühl verschwand schlagartig.

»Laß es lieber!«

Aber der Putterich setzte die schäbige Tröte an und flötete los.

Ich vertrat mir draußen die Pfoten.

Es war saukalt!

Vormittags war es schön warm und ruhig in der Kirche, und ich sank nach dem Mausen in meinen wohlverdienten Schlaf. Nachmittags aber kehrte dann diese Herde Kinder mit ihrer Leitziege wieder ein und bildete

Hirten- und Engelschöre. »Ihr Kinderlein kommet ...« jammerte das süße Goldkind. Bloß nicht! Aber meinen Einspruch wollte ja niemand hören. Die magere Ziege Niemaier gab erneut die Einsatzbefehle. Gelegentlich klappte es, und alle Kinderlein kamen gleichzeitig. Nur das goldgelockte Mädchen haute jedesmal daneben.

Ich vertrat mir also nochmals draußen die Pfoten.

Es war noch immer saukalt.

Mit Cherry hingegen arrangierte ich mich einigermaßen. Er kam mir insoweit entgegen, daß er nur noch gedämpft tutete und auch nur zwei oder drei Liedchen, dann verließ er seine Säule und flatterte zu mir nach unten. Wir setzten uns zu einem Schwätzchen neben die Krippe mit dem nachgemachten Kind.

»Du bist noch nicht lange hier. Wo kommst du her?« fragte er mich wißbegierig.

»Draußen vom Walde, da komme ich her.«

»Blödsinn.«

»Stimmt. Und du?«

»Spätes Barock, frühes Rokoko!«

»Also aus dem Barockoko!«

»Ignorant!«

»Schon möglich. Wenigstens hat man mich nicht vergoldet!«

Pausbäckchen zuckte mit den Flügeln und grinste. Aber was konnte es schaden, ihm von meiner unrühmlichen Vergangenheit zu berichten?

»Meine Mutter lebt auf einem Bauernhof. Ich bin da auch aufgewachsen. Darum weiß ich, wie Rindviecher riechen. Und Esel und Schafe.« Ich kratzte mißmutig an der leblosen Kuh neben mir. »War eine gute Zeit. Den ganzen Sommer über haben wir uns in den Ställen und auf den Weiden getummelt, Mäuse gefangen, miteinander gerauft, manchmal eine Schale Milch bekommen.« Noch einmal kratzte ich an der Pappkuh. Aus der würde nie ein Tropfen Milch quellen. »Im Herbst kamen dann Menschen, und meine Brüder und Schwestern verschwanden einer nach dem anderen. Ein Trupp hat mich dann auch weggeschleppt. Sie haben mich in eine vollgestopfte Wohnung gesperrt. Eine Kiste zum Scharren haben sie mir hingestellt, aber saubergemacht haben sie die Kiste nur selten. Futter gab's aus der Dose. Matschiges Zeug ohne Biß und Knochen. Die Kinder machten ständig Krawall. Wenn sie nicht herumkreischten, haben sie mir irgendeinen Mistkram an den Schwanz gebunden oder mir Jäckchen angezogen. Wenn ich mich wie ein aufrechter Kater gegen diese Behandlung gewehrt habe, haben sie mich getreten und geschlagen. Einmal haben sie mich über eine Woche alleine in der Wohnung gelassen. Ich wäre beinahe verhungert und verdurstet.«

Die Erinnerung an diese Zeit machte mich noch immer zornig. Menschen nehmen sich so verdammt wichtig, als wären sie die einzigen vernunftbegabten Tiere auf der Welt.

Cherry sagte nichts, aber irgendwie merkte ich, daß er zumindest ein gewisses Verständnis für mich aufbrachte. Also fuhr ich fort.

»Sie haben vor zwei Monaten einmal das Fenster zum Balkon offengelassen. Machten sie selten, frische Luft war ihnen nicht so wichtig. Wenn sie mal lüfteten, haben sie mich immer aus dem Zimmer gesperrt. Aber an dem

Tag war ich unbemerkt hinter das Sofa geschlichen. Dann nichts wie raus. Aber … es war der dritte Stock. Verstehst du?«

»Du bist gesprungen? Ganz ohne Flügel? Donnerwetter!«

»Ja, ganz ohne Flügel. Es war mir egal, Cherry. Ich wollte nur wieder raus. Ich kam zum Glück mit den Pfoten in einem Blumenbeet auf. Drei Tage lang taten mir alle Knochen weh. Große Höhe vertrage ich seitdem auch nicht mehr.«

»Habe ich vorgestern gemerkt. Warst ganz grau um deine schwarze Nase!«

»Sprich nicht davon.«

»Ist schon gut. Was hast du dann gemacht?«

»Ich bin ein bißchen herumgestreunt, nachdem ich mich wieder erholt hatte. Vor zwei Tagen kam dann dieser blöde Köter und jagte mich über den Kirchhof. Ich fand ein Schlupfloch und landete hier. Das war's so im großen und ganzen.«

»Das heißt, du bleibst jetzt hier?«

»Ich hoffe, ich kann hier überwintern. Zu Menschen, Cherry, gehe ich jedenfalls nie wieder zurück!«

»Ach, manche sind nicht so schlecht.«

»Mein Lieber, da irrst du aber!«

»Nein, Rasmus. Ich kann das schon beurteilen. Ich beobachte sie ja seit über dreihundert Jahren.«

»So lange schon?«

»Sicher. Ich sitze ja hier fest.«

»Wie unbequem!«

»Man kann es aushalten. Nur ein paarmal war es ein wenig ungemütlich. Einmal, vor ungefähr zweihundert

Jahren, tauchten marodierende Soldaten auf, die alles kaputtgeschlagen haben. Da hat die Tröte ein paar Dellen abbekommen. Als sie abzogen, kamen ein paar Jahre später andere Menschen und richteten alles wieder her. Dann schlug einmal ein Blitz in den Turm ein und brachte hier alles zum Wackeln. Das hat mich von der Säule gehauen. Der Heilige da lag auch platt auf der Nase. Kaum hatten sie uns wieder an Ort und Stelle, hat ein Sturm das Dach abgedeckt, und der Regen hat mir alles Gold vom Leib gewaschen. Ich hab' mich damals richtig nackt gefühlt, bis so ein Mensch mir wieder etwas Blattgold aufgelegt hat. Tja, und vor etwa sechzig Jahre schlug eine Bombe ganz in der Nähe ein, da fielen mir die Flügel ab. Zum Glück haben sie mich wieder zusammengeflickt.«

»Mich hat noch kein Mensch je zusammengeflickt. Mich haben sie gepiesackt und getreten.«

»Menschen sind nicht alle so. Sie leiden manchmal genauso wie die Tiere. Ich höre ihnen doch regelmäßg zu, wenn sie hier unten knien und zu Maria und allen Heiligen beten, sie wieder gesund werden zu lassen, ihnen aus dem Leid und Elend zu helfen oder wiederfinden zu lassen, was sie verloren haben. Sie bitten ihre Heiligen sogar, anderen zu helfen und ihre Liebsten zu beschützen. Ganz oft wollen sie auch getröstete werden, wenn sie um ihre Angehörigen trauern.«

»Ach, das tun sie auch?«

»Ja, Rasmus. Ich habe sogar oft genug schon Menschen erlebt, die heiße Tränen um ihre verstorbene Katze vergossen haben.«

Ich muß gestehen, das wunderte mich sehr. Es berührt mich sogar ein wenig. Dreihundert Jahre Lebenserfahrung hatte dieser Kinderengel. Vielleicht war etwas dran an dem was er sagte. Dumm war er ja nicht, der kleine Cherry. Ich würde mir die Menschen mal mit anderen Augen ansehen. Aber gleich wieder zu ihnen ziehen – nein, das denn doch nicht.

Die Krippenmannschaft war mein erstes Beobachtungsfeld. Sie kamen am Nachmittag, und ich hatte eine strategisch günstige Position hinter einer vergoldeten Girlande eingenommen.

Die magere Frau war die älteste von ihnen. Sie war mir nicht sonderlich sympathisch. Sie umhegte das goldgelockte Kind und pfiff die anderen wahllos an. Jenes Mädchen mochte ganz niedlich sein und mit ihren Löckchen hübsch in die Barockoko-Dekoration passen, aber sie machte ein zickiges Getue, als ihr so eine arme Kirchenmaus über die Füße huschte. Außerdem – die Stimme ...! Hingegen gab es einen Jungen, der Trommel spielte und angeblich zu den drei Königen gehörte, die an der Krippe niederzuknien hatten. Der war ganz in Ordnung. Er entdeckte mich nämlich und grinste mich an, ohne mich zu verraten. Zudem sang er ganz nett und verstand es auch, den richtigen Rhythmus vorzugeben. Ein trotziges Mädchen fiel mir ebenfalls auf. Sie legte sich mit der Leitziege an, und das Gezänk erinnerte mich an meinen vorherigen Aufenthalt in der gräßlichen Menschenwohnung.

Mehr an Beobachtung wollte ich mir allerdings für einen Tag nicht zumuten. Abgesehen davon fingen alle wieder an zu singen. Ich verließ die Stätte des Mißklangs. Auf dem Kirchhof war der Boden gefroren, und die Mäuse hatten sich in die unteren Etagen ihrer Behausungen verzogen. Ein schneidender Wind fuhr mir durch den Pelz, und nachdem ich mir die Pfoten auf dem harten Boden aufgeschrammt hatte, mußte ich wohl oder übel befinden, daß das Gesinge eine kleinere Unannehmlichkeit darstellte als die Kälte. Also schlüpfte ich in die Wärme zurück. Immerhin waren die Sänger bald darauf fertig und zogen ab. Alle, bis auf das Mädchen, das sich zuvor mit der Leiterin gestritten hatte. Sie hatte sich auf eine Bank gelümmelt und starrte trübsinnig vor sich hin. Schaurig sah sie aus. Schwarze Stiefel, schwarze Hose, schwarzer, ausgefranster Pullover, nach allen Seiten abstehende rote und gelbe Haare, schwarz umrahmte Augen, silberne Ketten in Ohren und Nase, grüne Fingernägel. Ich schlich ganz vorsichtig an ihr vorbei, um mich in dem Heu zu vergraben. Es roch dort noch so ein bißchen nach Sommer. Zufrieden rollte ich mich zusammen, aber mit einem wachsamen Auge beobachtete ich die Zauselige dennoch. Plötzlich stand sie auf. Meine Hinterpfoten machten sich bereit zum Sprung. Was hatte sie vor?

Sie näherte sich dem Papprind, gönnte ihm einen verächtlichen Tritt und hob an zu singen.

Heilige Bastet und alle Mäuse, hatte dieses Mädchen eine Stimme! Meine Schnurrhaare begannen zu zittern, mir wurden die Knie weich. Diesem Geschöpf würde ich kampflos jedes Revier, ja sogar eine wunderschöne Katzendame überlassen. Diesem Menschenkind würde ich alle erbeuteten Mäuse zu Füßen legen. Ich konnte einfach nicht anders, ihr mit der göttlichen Stimme mußte ich schnurrend um die Beine streichen.

Sie verstummte abrupt, als sie mich erblickte.

Ich schnurrte, so schön ich konnte.

Sie beugte sich nieder und streckte die Hand nach mir aus.

Wie gelähmt blieb ich sitzen und starrte die langen grünen Krallen an. Selbst wenn sie mich damit lebendig häuten würde, wollte ich es geschehen lassen. Für diesen Gesang bekam sie alles von mir.

Sie häutete mich nicht, sondern kraulte mich.

Was für eine schöne Überraschung!

Sie saß neben mir im Heu und streichelte mich. So etwas hatte ich, seit meine Mutter mich das letzte Mal geputzt hatte, nicht mehr gefühlt. Das Mädchen gurrte auch dazu, irgendwelche netten Worte, die ich, halb in Trance, kaum verstand. Ich drehte mich auf den Rücken und bot ihr mein weiches Bauchfell dar. Ihre Finger vergruben sich darin. Ich spürte, wie ich vor Wollust zu schielen begann.

»Bist du die Kirchenkatze, Schwarzer? Oder der Beelzebub selbst?«

»Weder das eine noch das andere«, schnurrte ich, obwohl ich wußte, daß sie meine Worte nicht verstand.

»Oder bist du nur ein Streuner, der hier Schutz gesucht hat?«

Ich rieb meinen Kopf an dem Knie.

»Wie ich, Kater! Ich habe auch hier Schutz gesucht.«

Sie lehnte sich an das Rindvieh, und wir machten es uns gemütlich. Ich kletterte auf ihren Schoß. Cherry hatte recht. Es gab auch nette Menschen.

Sie murmelte vor sich hin: »Hast auch niemanden, der sich um dich kümmert, was?«

Brauche ich zum Glück auch nicht, doch ich wußte schon – Menschen sind da anders. Wenn wir Katzen unsere Lektionen von unseren Müttern gelernt haben, sind wir selbständig, erobern uns unser Revier, suchen gelegentlich ein paar Kumpels auf oder verbringen eine heiße Nacht zwecks Fortpflanzung. Junge Menschen brauchen länger, um richtig selbständig zu werden.

»Ob ich zu Hause bin oder nicht, ist Mama völlig egal. Die kommt sowieso erst um fünf zurück. ›Suppe steht im Kühlschrank, mach sie dir warm.‹ Solche Zettel schreibt sie mir.«

Na ja, wenigstens sorgt sie noch für Futter, dachte ich. Doch wahrscheinlich wollte die Zauselige darüber hinaus auch noch gebürstet werden. So, wie sie aussah, hatte sie es auch nötig.

»Und dann immer diese nervenden Fragen. ›Wo warst du? Hast du deine Aufgaben gemacht? Mit wem hast du dich heute getroffen? Was hast du schon wieder mit deinen Haaren gemacht? Ist dein Zimmer aufgeräumt? Hast du dein Bett gemacht? Majo, mach dies, Majo, mach das!‹ Oder sie redet mich so vorwurfsvoll mit meinem blöden Namen an. Marie-Josephine. Ätzend, sag ich dir!«

Da hatte sie wohl recht. Das zumindest bleibt Katzenjungen erspart. Mutter fragte nicht, Mutter langte zu, wenn sich einer von uns zuviel Freiheiten herausnahm. Wir verstanden ziemlich schnell.

»Um nichts kümmert sie sich. Noch nicht einmal darum, daß ich in diesem blöden Krippenspiel ein anständiges Solo kriege. Die alte Niemaier läßt Püppi die Maria singen. Klasse, was? Püppi, der Name paßt. Von ihren Eltern Poppea getauft. Ihre Mutter hat der Niemaier so lange in den Ohren gelegen, bis sie ihrem Töchterchen die Rolle gegeben hat. Dabei kann die keinen Ton halten, aber süß wird sie aussehen!«

Gift troff von Majos Lippen. Verständlich. Ihre Stimme füllte die Kirche, und sie traf jeden Ton. Süß sah sie allerdings nicht aus.

»Wenigstens den Engel hätten sie mich singen lassen können. Aber nein, irgendwo im Hintergrund darf ich mich bei den Hirten einreihen. Hab' eben keine Beziehungen und keine goldenen Haare. Muß man wohl als Engel haben.«

Da war ich mir nicht ganz sicher. Cherry würde mir bestimmt Auskunft geben können.

»Dabei ist Mama eng mit Horatio befreundet. Der singt als Baß in der Oper. Aber mich will sie nicht singen hören.«

Eigentlich dumm von Mama. Obwohl untadeliger Geschmack, ein Baß. Ich fügte ein aufmunterndes Brummen in mein Schnurren mit ein.

»Der Pastor Bäuerlein ist auch so ein Idiot. Wie der mich immer ansieht! Als käme ich aus dem untersten Sumpf der Hölle! Nur weil ich auf Schwarz stehe!«

Dann wird er mich, sobald er mich zu Gesicht bekommt, einer ähnlichen Herkunft zeihen, dachte ich mir. Dem sollte ich also besser aus dem Weg gehen.

»Ach, verdammt, Katerchen. Warum kann Mama sich nicht darum kümmern, daß ich auch eine Chance kriege?«

Tja, Mama kümmert sich doch schon ums Futter und die Höhle. Und ich bezweifle, ob sie dir goldene Kringelhaare verpassen kann, Majo.

»Sie sitzt ja lieber an ihrem Computer, sogar abends noch. Sagt, sie nimmt sich die Arbeit mit nach Hause, um für mich dazusein. Wenn ich sie aber anspreche, will sie nicht gestört werden.«

Mir hat Mutter die Pfote zwischen die Ohren geknallt, wenn sie ihre Ruhe haben wollte. Das war noch viel drastischer, oder?

»Ich glaube, sie mag mich überhaupt nicht.«

Majo klang todtraurig. Ich rieb versuchsweise meinen Kopf an ihrer Hand. Mutter hat mich und meine Geschwister damals vermöbelt und gekniffen, wenn ihr etwas nicht paßte, aber wenn sie uns in Gefahr wähnte, hat sie alles getan, um uns zu beschützen. Wenn wir schmutzig waren oder zerrauft vom Spielen, hat sie uns gebürstet und unsere Kratzer und Wunden saubergeleckt. Dabei hat sie immer geschnurrt, was das Zeug hielt.

Majo kreischte plötzlich auf, und ich fuhr erschrokken zusammen.

»Darum hab' ich es ihr extra nicht gesagt! Sie hätte ja doch nichts unternommen!«

Was hast du ihr nicht gesagt? Ich krallte mich im Stoff ihrer Hose fest und funkelte Majo böse an. Man schreit nicht so einfach auf, wenn man eine Katze auf dem Schoß hält.

»Ich hab' ihr nicht gesagt, daß ich den Engel singen will, weil es sie ja doch nicht interessiert.«

Na, wäre doch mal einen Versuch wert. Für meine erste Maus hat Mutter sich damals durchaus interessiert.

Nun war Majo wieder zusammengesunken und kratzte mich entschuldigend im Nacken. Ihr Stimme klang plötzlich versonnen.

»Du hast ja recht, Katerchen. Ich könnte es ja mal versuchen. Vielleicht redet sie mit der Niemaier. Sie weiß ja, was das für eine Schrulle ist. Zumindest hat sie sich auf dem Elternsprechtag richtig mit ihr angelegt, als die mich wegen Aufruhrstiften angeschwärzt hat. Mama hat sie sozusagen in handliche Stücke zerlegt.«

Aha, Mama hat also doch Biß. Hatte meine Mutter auch. Als diese graue Kampfkatze vorbeikam und unsere Mauselöcher plündern wollte, hat sie der eine ordentliche Schramme über die Nase gezogen.

»Na ja, ich gehe jetzt nach Hause. Ist ja schon halb sechs. Da wird sie zurück sein. Danke, daß du mir so geduldig zugehört hast, Katerchen. Wenn ich morgen wiederkomme, dann bringe ich dir ein Leckerchen mit. Versprochen!«

Großartige Idee.

Majo zog also ab, und ich ging noch ein wenig auf Mäusejagd, dann gönnte ich mir eine ausgiebige Katzenwäsche.

Plötzlich jedoch knallte die Kirchentür, und wie eine Orkanböe wehte Majo wieder herein. Sie warf sich ins Heu und krallte die Finger in das getrocknete Grünzeug. Sie sah ziemlich wütend aus und so, als würde sie unter Dampf stehen. Beinahe erwartete ich, schwarzer Rauch könnte aus ihren Nasenlöchern hervorquellen. Ganz vorsichtig schlich ich mich an sie heran.

Sie murmelte einen Fluch, der wohl ihrer Mutter galt.

Ich setzte mich in gebührendem Abstand aufrecht hin und starrte sie an. Drohendes Starren bringt die aufmüpfigste Katze zum Einlenken. Mal sehen, ob das bei ihr auch funktionierte.

Es brauchte seine Zeit, aber ich bin ja geduldig.

»Du bist ja noch da!« sagte sie plötzlich.

Na klar.

Sie setzte sich auf und wischte sich über das Gesicht. Schwarzer Schmier breitete sich um ihre Augen aus. Ich näherte mich vorsichtig und hob prüfend die Pfote, um sie anzutippen.

Wasser floß aus ihren Augen. Sie wischte es mit einem Ärmel ab, und der schwarze Schmier verschwand. Irgendwie sah sie plötzlich viel jünger aus, wie ein richtiges Kind.

»Ich hab's mir vorgenommen, echt, Kater. Ich wollte Mama alles erzählen, von dem Singen und dem Krippenspiel. Aber als ich ankam, war sie total wütend, nur weil ich eine Stunde nach ihr zu Hause war. Angeschrien hat sie mich. Sie hätte sich Sorgen gemacht. Ha! Wer's glaubt!« Majo schniefte. »Ich gehe nicht mehr zurück. Ich bleibe heute nacht hier und überlege mir was. Irgendwie werde ich schon einen Job finden. In den Ferien habe ich ja auch gearbeitet.«

Majo rollte sich im Heu zusammen und drückte sich die Hände an den Magen. Vielleicht war sie hungrig? Sie war vorhin so nett zu mir gewesen, daß ich mich irgendwie revanchieren wollte. Also holte ich ihr eine Maus aus meinen Vorräten.

»Katerchen. Ach, Katerchen!«

Wieder floß ein kleiner Sturzbach über ihre Wangen.

»Die Maus ist nicht für mich, mein Kleiner. Aber ich hatte dir ein Leckerchen versprochen, nicht wahr? Warte, das holen wir uns jetzt.«

Sie stand auf, wischte sich das Grünzeug aus der

Krippe von den Kleidern und verschwand für eine Weile. Zurück kam sie mit einer duftenden Tüte und teilte sich dann mit mir großzügig einen Döner. War wirklich nicht ganz schlecht, auch wenn ich danach einen höllischen Durst hatte und das halbe Weihwasserbecken ausschlabbern mußte. Auch geweihtes Wasser ist trinkbar! Sie hingegen trank etwas aus einer knallig bunten Flasche, aus der ein ziemlich übler Geruch aufstieg.

Dann machten wir zwei es uns hinter der Krippe gemütlich.

Doch unsere traute Zweisamkeit wurde bald gestört. Der Pfarrer stattete seiner Kirche einen Besuch ab. Er hantierte in dem Raum hinter dem Altar herum, richtete irgendwelches Gerät und zündete ein paar Kerzen an. Majo und ich verhielten uns ganz ruhig.

Es dauerte nicht lange, und ein Luftzug verriet uns, daß eine weitere Person die Kirche betrat. Majo machte sich noch kleiner und flüsterte: »Großer Gott, die Niemaier!«

Die magere Leitziege des Krippenspiels schlich sich auf leisen Sohlen an den Pfarrer heran. Ihr Gesicht wurde ganz hohlwangig, so sehr zog sie die Wangen ein, um keinen Laut von sich zu geben. Dann jedoch ertönte ein langer Seufzer: »Ach, Gotthilf! Gotthilf! Ahhh! Gott! Hilf!«

Ich wagte einen vorsichtigen Blick über den Rücken des Rindviehs und beobachtete fest, wie die Kirchenchorleiterin sich an den Hals des Pfarres klammerte und ihn ableckte. Ich meinte mich erinnern zu können, das dieses Verhalten zu dem Ritual des menschlichen Paarungsspiels gehörte. Ganz verstand ich nicht, warum

Majo darauf so merkwürdig reagierte. Jedenfalls brauchten die beiden eine ganze Weile, bis sie sich einig wurden, die Kirche gemeinsam zu verlassen. Das taten sie dann jedoch recht überstürzt. Sie ließen die Kerzen brennen, so daß alles hübsch gemütlich für uns erleuchtet war. Majo hielt sich, als die Tür hinter dem Paar zugefallen war, den Bauch wie in Krämpfen, stieß keuchende Laute aus, und die Tränen flossen ihr wieder über die Wangen.

»Oh, ist das herrlich!« stieß sie atemlos hervor. »Pfarrer Gotthilf Bäuerlein und die alte Niemaier. Ich fasse es nicht!«

Sie nahm noch einen weiteren Schluck aus der bunten, übelreichenden Flasche und lachte lauthals. Es schien kein Leid zu sein, das sie schüttelte, und allmählich beruhigte sie sich auch wieder. Was immer in der Flüssigkeit war, die sie trank, machte sie anscheinend ein wenig fahrig. Ihre Augen wirkten irgendwie glasig, und ihre Stimme wurde undeutlich, als sie sagte: »Mir issn bisschen schwind … schwinnellig. Muß schlafen!«

Das tat sie dann auch von einem Moment auf den anderen.

Na gut, gegen Schlaf habe ich ganz grundsätzlich nichts. Mein Bauch war wohlgefüllt, und das Mädchen strahlte eine angenehme Wärme, wenn auch einen komischen Geruch aus. Ich kuschelte mich an sie und dämmerte mit der Hoffnung ein, Cherry würde nicht so bald mit seinem Tuten beginnen. Eine ungestörte Nacht würde Majo und mir guttun.

Leider wurde nichts daraus, und Cherry traf keine Schuld daran.

Ich wachte auf – meine Sinne sind nun einmal scharf, selbst im tiefsten Schlummer.

Es roch sehr seltsam. Ich schnüffelte, sog die Luft über die Zunge ein und sprang entsetzt auf. Das war nicht der süßliche Rauch, der sich in dem ganzen Gebäude eingenistet hatte. Das war frischer Brandgeruch. Ich hüpfte über Esel und Schaf und schnupperte weiter. Da – eine Kerze auf dem Tisch war heruntergebrannt. Die Flamme hatte einen Tannenzweig der Dekoration erfaßt. Die trockenen Nadeln knisterten laut, was mir gar nicht gefiel. Mit Feuer ist nicht zu spaßen. Schon einmal war ich einer Kerzenflamme zu nahe gekommen und hatte mir die Schnurrhaare so angesengt. Zwei Wochen war ich danach orientierungslos durch die Landschaft gestolpert, bis sie wieder nachgewachsen waren. Verdammt heiß, dieses Feuer. Besser, man hielt sich davon fern. Auch Majo sollte sich mal bewegen. Das Flämmchen züngelte gierig nach dem Strohdach unseres Stalls.

Ich stupste sie mit der Nase an.

Nichts.

Ich kitzelte sie mit den Barthaaren – normalerweise ein unfehlbares Mittel, um Menschen aufzuwecken.

Nichts.

Ich drückte ihr die Krallen in den Arm.

Nichts.

Ich biß ihr in den Finger.

Keine Reaktion.

Ich kreischte.

Nichts.

Die Flamme flackerte zum Dach hin, und schwarzer

Rauch verbreitete sich in der Kirche. Ich hätte abhauen sollen.

Da schepperte die Glocke.

Auch das weckte Majo nicht, aber zumindest Cherry rührte sich endlich.

»Was ist denn hier los? Das stinkt ja zum Himmel!« rief er von seiner Säule aus. »Das kratzt ja im Hals. Da bleibt mir ja die Luft zum Musizieren weg! Willst du mich auf diese Weise am Üben hindern, Rasmus?«

»Quatschkopf. Wenn du klug bist, verschwindest du hier!«

»Geht nicht. Hab' dir schon mal gesagt, ich gehöre zur Einrichtung.«

»Die Einrichtung ist gleich Asche.«

»Sch...«

»Sagt ein Cherub aber nicht!«

»Warum haut das Mädchen nicht ab?«

»Sie schläft tief und fest.«

»Dann ist sie auch gleich Asche!«

Das befürchtete ich auch. Am Rand des Stalldaches loderten bereits die Flammen auf. Dumme Majo! Warum wurde sie nicht wach? Irgendwie wollte ich nicht, daß sie von den Flammen aufgefressen wurde. Sie war so freundlich zu mir gewesen, ganz anders als die übrigen Menschen meiner Bekanntschaft.

Mir kam eine Idee.

»Cherry, tröte bitte mal!«

»Was? Auf einmal?«

»Ja. Ganz laut. Muß nicht schön sein. Aber vielleicht wird Majo von diesem Getöse wach!«

»Die Luft ist aber nicht gut ...«

»Tröte endlich!« fauchte ich ihn an, und verblüfft setzte er das Ding an seine Lippen und blies die Backen auf.

Ein grauenvolles Geräusch drang aus dem verbeulten Instrument.

Ich untermalte es mit einem lauten Kreischen.

Die Flammen hatten bereits das Dach erfaßt.

»Trööö̈t ... Tröööt ... Tröööt«, klang es in die Nacht hinaus.

Irgend jemand riß die Tür auf und schrie etwas.

Das Tröten verstummte, und das verbeulte Blechteil fiel in die Flammen.

Hustend kam Majo hinter dem Rindvieh hervor.

»Wassn los?«

Dann schien sie endlich zu begreifen. Mit offenem Mund starrte sie in das Feuer. Plötzlich bückte sie sich, nahm mich auf den Arm und stürmte zum Ausgang.

Hier hatten sich Menschen versammelt, und ein anderes lärmendes Tröten näherte sich von der Straße her. Blaues Licht zuckte, Wasser spritzte, weißer Schaum quoll auf.

»Katerchen. Oh, mein Katerchen!« murmelte Majo in mein Fell. Sie zitterte, nicht nur, weil es hier draußen ekelhaft kalt war.

»Mädchen, warst du in der Kirche?« blaffte ein Mann, der einen Helm trug, sie an.

Majo nickte zaghaft.

»Hast du das hier getrunken?«

Er wedelte mit der bunten Flasche herum!

»Was geht denn Sie das an?«

»Hast du Alkohol in der Kirche getrunken und womöglich auch noch geraucht?«

»Das geht Sie nichts an!« kreischte Majo, und ich fürchtete schon, sie würde mich fallen lassen.

»Das geht mich eine ganze Menge an. Wie ist denn wohl das Feuer entstanden?«

Als ich abzurutschen drohte, packte Majo fester zu. Ich konnte kaum noch atmen. Eine andere Gestalt schob sich vor den Mann, und eine tiefe Stimme meinte: »Lassen Sie das Kind in Ruhe. Du und deine Katze, kommt mit! Es ist kalt hier draußen.«

Erstaunlicherweise ließ Majo sich willenlos in ein Haus ganz in der Nähe geleiten. Wir landeten in der Küche eines kräftigen Mannes. Er befreite mich sanft aus Majos Klammergriff und setzte mich auf den Boden. Erschöpft blieb ich erst einmal an Ort und Stelle und schaute mich um. Majo wickelte der Mann in eine Decke und stellte eine Schale Milch neben mich. Ein überaus freundschaftlicher Akt, den ich auch sogleich honorierte, indem ich mich über die Milch hermachte. Meiner rauhen Kehle tat die Flüssigkeit gut. Majo trank ebenfalls. Ihr schien es auch allmählich besser zu gehen. Als ich wieder auf ihren Schoß sprang, zitterte sie jedenfalls nicht mehr.

Danach verlor ich ein wenig den Überblick, weil ich mir nach der ganzen Aufregung ein kleines Nickerchen gestattete.

»Ich hörte die Alarmanlage in der Kirche«, erklärte die tiefe Stimme, und eine Frau meinte: »Gott sei Dank, Horatio, hast du sofort reagiert. Ich habe mir solche Sorgen um Majo gemacht. Sie ist so wütend von zu Hause fortgelaufen.«

Ich blinzelte und sah eine Frau, ziemlich hübsch, nicht ganz so zauselig wie meine junge Freundin, aber ihr recht ähnlich, die Majo den Arm um die Schultern gelegt hatte.

»Du hast mir nicht zugehört, Mama.«

»Ich weiß. Ich habe mich aufgeregt. Entschuldige, das war nicht richtig. Wolltest du mir von dieser Katze berichten?«

»Ja, und von dem Krippenspiel.«

»Erzähl es mir morgen, Liebes. Wir sollten jetzt nach Hause fahren, es ist schon bald zwei Uhr.«

»Mama, darf ich die Katze mitnehmen?« fragte Majo, und ich fuhr auf.

Mitnehmen? In eine enge Wohnung? Ohne frische Luft? O nein! Ich sprang von ihrem Schoß und suchte einen Fluchtweg.

»Dieser Kater scheint mir recht freiheitsliebend zu sein!« erklärte der Mann mit der tiefen Stimme, der Horatio hieß.

»Aber ich will, daß er mitkommt!«

»Marie-Josephine, eine Katze sucht sich immer ihr eigenes Heim. Du wirst ihn nicht zwingen können! Wo hast du ihn getroffen?«

»In der Kirche!«

Horatio schien Verständnis für meine Lage zu haben. Nachdenklich meinte er: »Dahin sollte er heute nacht nicht zurückgehen. Weißt du was, Majo – ich behalte ihn bis morgen hier. Dann lasse ich ihn raus. Wenn er in der Nähe sein Heim hat, wird er es morgen finden.«

»Aber er hat mir geholfen ...«

Die Frau, die offensichtlich die Mama war, lenkte mit sanften Lauten ein: »Du wirst ihn wiedersehen, Majo, aber Horatio hat recht. Auch darüber entscheiden wir morgen.«

Ich konnte nicht entwischen, und so fügte ich mich in mein Schicksal. Immerhin servierte mir der Mann mit der dunklen Stimme eine schöne Portion Ölsardinen und legte eine kuschelige Decke bereit.

Am Morgen ließ er mich dann raus.

Es pressierte auch.

Die Kirche sah vollkommen verändert aus, als ich zurückkehrte. Ich blieb unter der Eibenhecke sitzen und dachte an Cherry. Der Barockoko-Engel war rußverschmiert und hatte seine Tröte verloren. Irgendwie tat er mir leid.

Zwei Tage lang wimmelte es von Leuten, die in dem Gebäude arbeiteten, dann zogen sie ab. Ich schlüpfte durch den Kellereingang und besah mir meine neue Heimat. Cherry hatte recht, die Menschen waren gut darin, Zerstörtes wieder instand zu setzen. Ruß und Schmutz waren beseitigt, das Gold glänzte wieder, der Stall war mit frischem Stroh gedeckt, und nur das Rindvieh roch an seinem Hinterteil noch ein wenig angesengt. Cherry oben auf seiner Säule strahlte über alle Pausbäckchen. Er hatte eine neue Tröte. Oje!

Als es Mitternacht schlug, wollte ich fliehen, doch er rief mir von oben zu: »Warte, Rasmus. Das mußt du dir anhören!«

»Nichts für ungut, aber ich warte lieber draußen.«

»Nur ganz kurz, bitte!«

»Bitte« hatten noch nicht viele Geschöpfe zu mir gesagt. Also verlangsamte ich meinen Schritt und wandte mich zu ihm um. Er setzte die goldene Tröte an und pustete ganz vorsichtig hinein. Ein Ton erklang, melodisch und mild. Ich brummte ein bißchen dazu und beschloß, noch eine Weile zu bleiben, denn draußen rieselte leise der Schnee. Drinnen auch, aber wenigstens war es warm dabei.

»Hübsch, Cherry, wirklich hübsch.«

»Sagte ich dir doch, ganz so mistig sind die Menschen nicht.«

»Nein, sind sie nicht. Dieses Mädchen ...«

»Die Kleine mit der gewaltigen Stimme?«

»Sie war sehr nett zu mir, aber sie will, daß ich zu ihr ziehe.«

»Warum nicht?«

»Aber wenn sie mich wieder einsperrt ...«

»Sie will selbst nicht eingesperrt werden. Ich könnte mir denken, daß sie dir deine Freiheit läßt.«

»Meinst du wirklich?«

Ich streunte zwischen den Bänken auf und ab. Bisher war Majo jeden Tag zum Kirchhof gekommen und hatte nach mir gerufen. Sie hatte auch immer etwas zu futtern dabei gehabt, aber ich hatte mich ihr nicht gezeigt. Ihre Mama und der brummende Horatio hatten auch nach mir gerufen. Es war ein klein wenig verlockend – wegen der Milch, dem Futter, der weichen Decke.

»Rasmus!«

Cherry kam von seiner Säule geflattert und stellte sich mir in den Weg.

»Rasmus, diese Majo und ihre Mama scheinen nicht

weit von hier zu wohnen. Du könntest immer mal wieder vorbeikommen. Nachts.«

»Du willst Gesellschaft.«

»Na klar.«

Ich hatte den Barockoko-Engel inzwischen recht gern.

»Rasmus, morgen ist Weihnachten. Die Menschen führen ihr Krippenspiel auf. Majos Mama hat die Chorleiterin Niemaier gestern sauber zusammengefaltet. Ihr hat anscheinend die Beziehung der Frau zu Pfarrer Bäuerlein nicht gefallen. Und jetzt singt Majo den Engel.«

»Ach ja?« Das freute mich für Majo.

»Du solltest es dir anhören.«

Verlockend.

»Und anschließend könntest du doch mit Majo mitgehen. Nur um es dir mal anzuschauen. Was meinst du?«

Ich dachte an enge, ungelüftete Zimmer und verschlossene Türen. Ich dachte auch an Milchschälchen und gutes Futter, an Bauchkraulen und weiche Decken.

»Ich überleg's mir, Cherry.«

Die Kirche füllte sich. So voll wie an diesem Abend hatte ich sie noch nie erlebt. Ich hatte meinen Beobachtungsposten unter der Girlande eingenommen, ein schwarzer, kaum sichtbarer Schatten.

Die jungen Sängerinnen und Sänger trafen ein. Sie trugen prachtvolle Kostüme, und Püppis goldene Haare glänzten wie lackiert. Majo hätte ich beinahe nicht erkannt. Ihr Mutter hatte sie gründlich gebürstet. Sie hatte auch keine Ketten mehr an den Ohren, keine grünen Krallen und kein Schwarz mehr um die Augen. Schimmernde kupferfarbene Locken ringelten sich auf ihren Schultern. Ein langes grünes Gewand umhüllte sie. Der dunkle Junge mit der Trommel saß zu ihren Füßen.

Niemaier, die Leitziege, gab den Einsatz, und zu Bethlehem wurde ein Kindlein geboren. Dann wiegte Püppi alias Maria auf dem Berge ziemlich schräg ihr Kind. Sie kämpfte hart gegen die sehr leise Orgelbegleitung an und verlor. Ein schmerzliches Raunen ging durch die Gemeinde.

Der Chor sang anschließend noch einmal, daß der Heiland geboren sei, was etwas besser klappte.

Dann aber erhob Majo ihre Stimme und befahl: »Kommet, ihr Hirten, ihr Männer und Frau'n!« Sie kamen alle, und sie fürchteten sich nicht. Als Majo geendet hatte, war es mucksmäuschen still in der Kirche. Ich hatte Probleme mit der Atmung, und mein Schwanz peitschte vor Entzücken heftig hin und her.

Das Raunen setzte wieder ein, schwoll an und verebbte. Dieses Raunen allerdings hatte nichts Schmerzliches an sich.

Der Organist haute in die Tasten, und diesmal trat Horatio, der Opernbaß vor, und gemeinsam mit Majo holte er das Gloria vom Himmel.

Die Orgel verlor gegen die beiden.

Es war wunderbar.

Ich konnte nicht anders, ich mußte zu Majo. Ich sprang an Pfarrer Bäuerlein vorbei, der nach mir treten wollte, und wuselte mich durch Beine, Heu und Stroh zu Majo hindurch. Der Junge mit der Trommel bemerkte mich wieder, zwinkerte mir zu und stupste dann Majo an.

Sie tat etwas ganz Unerwartetes. Sie beugte sich hinunter zu mir, hob mich auf und lächelte mich mit glücksfunkelnden Augen an.

»Das nächste Lied singen wir beide zusammen«, flüsterte sie. Ich machte es mir an ihrer Schulter bequem und genoß brummend und schnurrend ihren Ruf: »Herbei, o ihr Gläubigen.«

Als ich nach oben spähte, meinte ich, Cherry lebhaft auf seiner neuen Tröte tuten zu sehen.

Seit einigen Monaten wohne ich nun bei Majo und ihrer Mutter. Horatio ist auch häufig zu Gast. Mir stehen selbstverständlich alle Türen offen, und recht oft, wenn die Kirchenglocke des Nachts zwölfmal schlägt, schleiche ich mich aus Majos Bett und halte mein Schwätzchen mit dem Barockoko-Cherub.

# Maria mit dem Katzenkind II

Ich starrte Erika, meine Partnerin in der »Kreuzgang-Galerie«, fassungslos an.

»Er will seine Bilder wieder abholen?«

»Ja«, sagte sie mürrisch.

»So kurz vor der Ausstellung? Aber warum denn?«

»Gott, was weiß ich! Plötzliche Selbsterkenntnis oder so was. Künstler eben.«

»Und wann?«

»Heute noch! Übergib ihm die Bilder ganz einfach. Ich habe in der Stadt zu tun.«

Ich schlug die Tür meiner Werkstatt hinter mir zu. Das war's also mit dem Weihnachtsgeschäft. Dabei hätten wir es so bitter nötig gehabt, dieses prominente Zugpferd für unsere Ausstellung einzuspannen.

Es war mir als ein glücklicher Zufall erschienen, als vor zwei Monaten dieser bekannte Auslandskorrespondent und Sachbuchautor höflich am Telefon nachfragte, ob ich wohl bereit sei, seine Bilder zu rahmen. Begeistert sagte ich sofort zu, wenn auch ein wenig verwundert, daß dieser durch und durch nüchterne Mann, der präzise die kompliziertesten politischen Situationen zu analysieren wußte, eine künstlerische Ader besaß. Aber gleichgültig, ob er archaische Fingermaltechniken einsetze oder bloße Farbkleckse auf welligem Papier erzeugte, ich würde aus seinen Malereien Kunstwerke machen. Das war meine Aufgabe und Berufung. Darum signierte ich meine Rahmen auch. Ich rahmte nachgerade alles, was in irgendeiner Weise dazu geeignet war. Für unsere Weihnachtsausstellung hatte ich Strohsterne auf nachtblauem Moire, bizarre Lametta-Stränge auf dunkelgrünem Samt und flimmernde Scherben von Christbaumkugeln auf Ebenholz gerahmt. Solche Dinge fanden einen erstaunlich guten Absatz. Die wertvolleren Rahmen erhielten kalligraphisch auf Bütten oder Pergament geschriebene Noten und Texte von Weihnachtsliedern, die Kyra produzierte, oder die farbenprächtigen Miniaturen, die Leonie zu den passenden weihnachtlichen Bibelstellen angefertigt hatte. Besonders sorgfältig hatte ich natürlich die Zeichnungen gerahmt, die Anselm von Minka gemacht hatte. Katzenbilder verkauften sich immer, und Minka hatte eine charmante Art, sich unter Tannenzweigen, neben Kerzen oder in Geschenkschachteln in malerische Posen zu setzen.

Trotz allem – die Galerie lief in den vergangenen Monaten nicht besonders gut, Rezession und Kaufzurückhaltung machen sich gerade im Kunstgeschäft schmerzhaft bemerkbar. Wer kauft schon ein Bild oder eine Skulptur, wenn er das Gefühl hat, die Haushaltskasse müsse gestreckt werden. Wir, Erika und ich, hatten daher eine größere Ausstellung geplant, um die Kundschaft wieder ins Kloster zu locken. Als ich schließlich die Bilder von Alexander DeBrett auf meinem Tisch liegen hatte, beschlich mich erstmals wieder so etwas wie Hoffnung. Dieser Mann kleckste nicht herum und hinterließ auch keine verschmierten Fußspuren auf saugfähigem Papier. Nein, dieser Mann war ein begnadeter Künstler von überragendem Farbgefühl, stilsicher, exakt und von großer Eindringlichkeit in der Aussage. Nicht ganz abstrakt, auch nicht ganz gegenständlich. Ich mußte wohl mit offenem Mund vor einem seiner Werke gestanden haben, denn erst sein leises Lachen holte mich in die Wirklichkeit zurück.

»So entsetzlich? Keine Chance, wenigstens mit einem Ihrer Rahmen noch etwas zu retten?«

»Ich könnte eine einfach Lattenkiste darum nageln, und die Bilder wären noch immer überwältigend, Herr DeBrett. Ich bin fasziniert. Sie erwägen nicht zufällig, die Werke für ein paar Wochen bei uns auszustellen?«

»Daran hatte ich eigentlich noch nie gedacht. Ich wollte sie an verschiedene Leute verschenken. Vielleicht, wenn Sie etwas daraus machen.«

Ich mußte enttäuscht ausgesehen haben, denn er musterte mich plötzlich nachdenklich.

»Ich brauche sie erst Weihnachten.« Er lächelte, und die Bilder waren mir mit einemmal vollkommen gleichgültig. Alexander DeBrett war mir aus den Medien vertraut; wie gut er aussah, war mir keine Offenbarung. Daß er einen Zauber über sein Opfer werfen konnte, wenn er es anlächelte, war mir neu. Vorsicht, Rhea! mahnte ich mich.

»Sie spekulieren auf die Zugkraft meines Namens?« fragte er augenzwinkernd, und ich lachte verlegen auf. »Schwierige Zeiten für das Geschäft mit der Kunst, was?«

Ich hob vielsagend die Schultern.

»Dabei hat die Galerie doch ein ansprechendes Ambiente.«

»Ja, sicher, und wir haben derzeit auch drei ausgezeichnete Künstler im Haus. Sie wissen vielleicht, die Stiftung hat eines der Nebengebäude des Klosters zu Ateliers umgebaut. Den Gewinnern des Kunstpreises stehen sie kostenlos für ein Jahr zur Verfügung.«

»Nein, das wußte ich nicht.«

Ich zeigte ihm also unsere Galerie, und er schien mehr und mehr von dem Gedanken angetan zu sein, uns die fünf Gemälde für die Ausstellung zu überlassen.

»Und wer gestaltete diese erstaunliche Installation aus Sperrholz und Sisal?« fragte er, als wir an der Ecke zum Treppenaufgang angekommen waren. Dort hingen von einem Kratzbrett dekorativ abgerissene Fransen.

»Derart gestalterische Arbeiten stammen aus der Kralle von Minka, meiner Katze. Sie müssen aber um Ihre Gemälde nicht fürchten, sie hat großen Respekt vor Leinwand und Papier. Sie bearbeitet ausschließlich die ihr dafür zur Verfügung gestellten Kratzecken.«

»Und nie zufällig die Werke, die Ihnen nicht zusagen?«

»Nie!« bestätigte ich mit Inbrunst und hoffte, er glaubte mir.

Er mußte es wohl, denn als er sich verabschiedet hatte, konnte ich Erika die frohe Botschaft übermitteln, wir dürften nicht nur seine Gemälde ausstellen, sondern sogar seinen Namen in unserer Werbung verwenden.

Nun also wollte er zwei Tage bevor wir mit einer in weiten Kreisen angekündigten Vernissage unsere Weihnachstausstellung eröffneten, seine Bilder wieder abholen.

Ich war total wütend.

Minka kam in die Werksstatt gehumpelt und rieb ihren Kopf an meinem Bein. Ihre rechte Vorderpfote steckte in einem Verband, der oben schon recht lädiert war, denn sie versuchte beständig, sich dieses Fremdkörpers zu entledigen. Meine Wut verflog. Ich hob das hübsche Grautigerchen auf meinen Schoß, fuhr mit einem Finger das schwarze M nach, das sie auf der Stirn trug, und kraulte sie dann unter dem Kinn, so wie sie es liebte.

Vor ungefähr einem Jahr, drei Tage vor Weihnachten, hatte ich Minka in einer Pizzaschachtel neben dem Mülleimer gefunden. Ein winziges, mageres, hungriges, verschmutztes und zerzaustes Stückchen Leben, das die Reste von Käse und Schinken von der Pappschachtel leckte. Sie war nicht scheu und ließ sich von mir hochheben. Verklebte grüne Augen zwinkerten mir zu – ich ließ Designerwohnung Designerwohnung sein und schleppte sie mit nach oben. Eine Dose Thunfisch erfreute sie sehr, der feuchte Lappen weniger. Mit zerkratzten Händen machte ich mich noch einmal auf, um Katzenkorb, Klo und Streu und richtiges Futter zu kaufen.

Minka war eine sorgsame Katze. Als ich wiederkam, hatte sie sich den Großteil des schmutzigen Fells selbst gereinigt und sich zu einem schnurrenden Bündelchen auf einem herumliegenden Sweatshirt zusammengerollt.

Wir gewöhnten uns schnell aneinander, und seit Wochen war ich zum ersten Mal froh, Jürgen doch endgültig aus meinem Leben gestrichen zu haben. Weg mit Schaden, wie man so sagt. Weshalb ich ja auch darauf angewiesen war, daß die Galerie gut lief und ich ausreichend Aufträge für Rahmungen bekam. Jürgens einziges Vermächtnis war die exquisit eingerichtete Wohnung. Als Innenarchitekt war er überragend, als Mensch eine Pleite. Was mich zum Wahnsinn getrieben hatte, war seine Unfähigkeit, mit Zeit und Geld umzugehen. Er war nie pünktlich, er vergaß immer häufiger unsere gemeinsamen Termine, er fragte nie, wieviel etwas kostete, und wenn er kein Geld hatte, verfügte er mit großer Selbstverständlichkeit über meines. Als ich in ihn verliebt war – und er war ein Liebhaber zum Verlieben –, konnte ich darüber hinwegsehen. Dann zog er bei mir ein, und ich wurde langsam wieder nüchtern. Trotzdem tat die Trennung weh.

Nun, Minka war bei weitem eine angenehmere Hausgenossin. Sie wuchs zu einer hübschen, aber zierlichen Katze heran, und als der Frühling sie mit seinen Sonnenfingern auf der Fensterbank kitzelte, machte sie mir eindringlich klar, sie wolle nun nach draußen. Eine Stadtwohnung an einer belebten Durchgangsstraße bietet keinen artgerechten Auslauf, erklärte ich ihr, doch sie murrte und maunzte so lange, bis ich das Experiment wagte.

Die Galerie, an der meine Werkstatträume angeschlossen waren, befand sich in einem weitläufigen Klosterkomplex. Das Kloster selbst war im neunzehnten Jahrhundert säkularisiert, die Gebäude der unterschiedlichsten Nutzung zugeführt und umgebaut worden. Erst vor einigen Jahren hatte eine Kulturstiftung sich der alten Bausubstanz angenommen und sie restauriert, so daß der ursprüngliche Charakter wiederentstand. Überwiegend diente das Kloster heute als Seminar- und Schulungszentrum, aber die den Kreuzgang umgebenden Räume hatten wir als Galerie mieten können, und die Stiftung unterhielt die Ateliers in den Nebengebäuden, in denen derzeit Leonie, Kyra und Anselm arbeiteten. Es gab auch einen nach altem Muster angelegten Klostergarten, und erfreulicherweise fiel mein Blick immer auf ihn, wenn ich aus dem Fenster sah. Weshalb mir ja auch die Idee kam, Minka hierhin einzuladen.

Sie maunzte ein wenig ungehalten, als ich sie in den Transportkorb steckte und ins Auto schleppte, doch als ich in der Werkstatt den Deckel öffnete, kam sie mit neugierig aufgefächerten Schnurrhaaren und gespitzten Ohren herausgehüpft. Zielstrebig ging sie auf das bodentiefe Fenster zum Garten zu. Ich öffnete es für sie, und sie schlenderte hinaus, als hätte sie hier schon seit Jahrhunderten ihre Spaziergänge gemacht.

Erika war weniger erfreut. Sie machte mir eine recht heftige Szene und sprach von umstürzenden Statuen und zerkratzten Gemälden, von Katzenhaaren auf den Sesseln und allergisch niesenden Kunden, von hereingeschleppten Mäusen und üblem Katzengeruch.

Ich stritt mich nicht viel mit ihr herum. Wir sind gleichberechtigte Partner in diesem Geschäft, und im Grunde ist sie auf mich mehr angewiesen als ich auf sie. Jemanden, der sich um Verkauf, Buchhaltung und Werbung kümmert, würde ich jederzeit finden, sie hingegen müßte sich schon einigermaßen anstrengen, einen Rahmenmacher zu finden, der auch aus einem gekrakelten Kinderbild noch etwas macht, das man sich, ohne schlechten Geschmack zu demonstrieren, über das Sofa hängen kann.

Im übrigen war es Minka selbst, die schließlich dazu beitrug, daß Erika keine weiteren Beschwerden äußerte. Die Katze wurde bald der Liebling unserer Kundschaft, und mehr als ein Bild verkauften wir nur, weil sie so anmutig daneben posierte.

Inzwischen murrte auch Minka nicht mehr, wenn sie in den Korb sollte, ja, sie saß sogar morgens immer pünktlich davor und schlüpfte freiwillig hinein, sobald ich den Deckel öffnete. Den ganzen Sommer über hatte sie zwischen Liebstöckel und Salbei den Mäusen aufgelauert, unter der blühenden Katzenminze ihren Träumen nachgehangen, die Falter über dem Lavendel beobachtet, die Hummeln in den Rosenblüten zu haschen versucht und mit den Tatzen nach den flatternden Mohnblüten geschlagen. Sie fühlte sich ungeheuer wohl in dem alten Klostergarten. Wenn Leonie nicht gerade ihre kalligraphische Phase durchlebte, brachte sie ein paar lebensechte Tonfiguren von ihr zustande, die wir dann auf dem mit weißem Kies bestreuten Innenhof des Kreuzgangs auftstellten. »Paradies mit Katzen!« nannten wir dieses Arrangement.

Gestern jedoch war Minka ein Mißgeschick unterlaufen. Sie war in dem winterlich braunen Garten umhergetollt und hatte versucht, ein vom Wind gehetztes Blatt zu fangen. Dabei war sie in irgend etwas Scharfes getreten. Maunzend und hinkend kam sie zu mir in die Werkstatt, zeigte mir die blutende Pfote vor, und ihre ausdrucksvollen Augen baten: »Kannst du mir bitte helfen!«

Ich durfte mir das Pfötchen ansehen und befand einen Besuch bei der Tierärztin für notwendig. Daher also heute der ungeliebte Strumpf am Bein. Ansonsten jedoch war die Grautigerin wieder ganz die alte. Ich setzte sie vorsichtig ab und sah mich in dem aufgeräumten Zimmer um. Meine Arbeiten für die Ausstellungen waren beendet. Eigentlich hätte ich einige Exponate in unterschiedlichen Fertigungsgraden aufstellen sollen, um den Besuchern zu demonstrieren, wie man einen Rahmen fertigt, aber angesichts der vernichtenden Nachricht fiel mir das nicht eben leicht. Ich holte mir erst einmal einen Kaffee und nahm mir die Tageszeitung mit.

Auf der zweiten Seite des Feuilletons wurde mir klar, warum Alexander DeBrett seine Gemälde nicht bei uns ausstellen wollte.

Ich war so wütend, daß weiße Blitze vor meinen Augen erschienen. Wäre Erika in der Nähe gewesen, hätte ich mich in eine Wildkatze verwandelt und sie in küchenfertige Filets zerlegt.

Während ich am vergangenen Tag mit der verletzten Minka unterwegs war, hatte der Lokalreporter die Galerie aufgesucht. Auf DeBretts Gemälde angesprochen, hatte Erika ihm ihre eigene Interpretation des Dargestellten unterbreitet, die sich zu gleichen Teilen aus Sensationsgier, Gerüchten und Dummheit zusammensetzte. Das Düstere in dem einen stellte seine unbewältigte Scheidung dar, das Aggressive in dem anderen die Wut auf die Frau, die ihn betrogen hatte, die Kakophonie der Farben im dritten die konfusen Gefühle, die er daher mit sich herumtrug, und so weiter. Daß Alexander DeBrett diese Schmutzwäsche gewiß nicht in der Öffentlichkeit gewaschen sehen wollte, war verständlich. Was war nur in Erika gefahren, einen solchen instinktlosen Blödsinn zu verbreiten?

Natürlich wußte auch ich von DeBretts Scheidung. Sie war in der Öffentlichkeit genüßlich breitgetreten worden. Er machte auf mich jedoch nicht den Eindruck eines Mannes, der von düsteren Emotionen überwältigt wurde, und seine Bilder drückten für mich ebenfalls nichts aus, was mit dem Abarbeiten von unbewußten Aggressionen oder Schuldgefühlen zu tun hatte. Sie waren einfach nur schön. Vor allem eines hatte meinen Blick immer wieder angezogen. Es war in den Grundtönen Sepia und Gold gehalten, in klare, asymmetrische Felder aufgeteilt, die sich sternförmig im Zentrum vereinten. Vereinzelt jedoch hoben sich rote Rosenknospen und grüne Blätter ganz gegenständlich daraus hervor. In der Mitte allerdings gab es einige königsblaue Akzente und einen interessanten grauschwarzen Fleck, der, wenn man mit halbgeschlossenen Augen vor dem Gemälde stand, wie eine kleine Katze aussah. Auch Minka kauerte oft vor dem Bild, und einmal hatte ich vor Entsetzen die Luft angehalten, weil sie ihre Pfote nach dem grauen Fleck ausstreckte. Sie tippte aber nur ganz vorsichtig daran und setzte sich dann wieder ruhig vor die Leinwand. Ihr Gesichtsausdruck wirkte versonnen.

Die Bilder standen nun, gerahmt und sorgfältig in Folie gehüllt, im Keller und hätten eigentlich morgen an die für sie vorgesehenen Plätze gehängt werden sollen.

Seufzend schlug ich die Zeitung zu und sah mich nach Minka um. Anders als an den üblichen Tagen wollte sie das warme Zimmer anscheinend nicht verlassen. Sie schnüffelte an der Treppe herum, die in den besagten Keller führte, und fing plötzlich klagend an zu miauen.

»Minka, tut dir etwas weh. Hast du dir die Pfote gestoßen?«

Die Katze betrachtete mich mit einem milde verächtlichen Blick und jaulte noch einmal auf. Mit ihrer gesunden Pfote kratze sie an der Tapete, so daß ich ein Machtwort sprechen mußte. Den Blick, den ich damit erntete, konnte man keineswegs mehr als milde bezeichnen.

»Guten Tag!« sagte eine Stimme, auf die der Begriff mild auch nicht zutraf. Frostig paßte besser.

Ich drehte mich um und sah mich Alexander DeBrett gegenüber. Ich bemühte mich, ihm mit einem freundlichen Lächeln zu begegnen.

»Ich hörte, Sie möchten jetzt doch Ihre Bilder abholen. Ich bedauere das sehr, Herr DeBrett, aber Sie können selbstverständlich jederzeit darüber verfügen. Die Rahmen sind fertig.«

»Und ich bedauere mehr, als Sie glauben, Ihnen die Bilder überhaupt überlassen zu haben.«

»Ich verstehe.«

»Das kann ich mir kaum vorstellen. Wissen Sie eigentlich, was Sie angerichtet haben?«

Mir kam die Galle hoch. Zu gerne hätte ich ihm Erika zum Fraß vorgeworfen, aber sie hatte sich erfolgreich abgesetzt.

Wieder gab Minka ein dumpfes Geheul von sich und kratzte an der Ecke.

»Nicht, Minka!«

»Ich hoffe, meine Bilder sind noch unversehrt«, erklärte DeBrett giftig.

»Selbstverständlich. Ich hole sie Ihnen sofort hoch. Sie sind im Keller eingelagert.«

»Ich komme mit!«

Minka kreischte, und mich packte plötzlich eine ganz seltsame Panik. Wollte sie mich vor etwas warnen? Steckte in diesem wütenden Mann vielleicht doch ein depressiver Gewalttäter?

»Lassen Sie nur, ich mache das schon.«

»Ich komme mit«, beharrte er und drängte mich in Richtung Treppe.

Minka hinkte mit unglaublicher Geschwindigkeit voraus und blieb noch einmal mit einem Jaulen vor der Tür stehen. Es war eine alte, schwere Eichentür, die wohl schon den Mönchen damals gute Dienste geleistet hatte. Das altertümliche Schloß war noch vorhanden, verbarg aber nun ein modernes Sicherheitsschloß. Ich drehte den Schlüssel um, woraufhin Minka nervenzerreißend aufheulte. Als ich mich zu ihr hinunterbückte, um sie auf den Arm zu nehmen, tat sie etwas, was sie noch nie gemacht hatte. Sie schlug mit den Krallen nach mir und traf meine Wange. Entsetzt zuckte ich zurück.

»Wie sich die Tiere ihren Menschen anpassen!« höhnte DeBrett hinter mir. »Eine ganz reizende Katze.«

»Sie ist die Sanftheit selbst, Herr DeBrett. Ihre Gegenwart scheint sie zu irritieren!«

»Natürlich. Die ganzen unbewältigten Gefühle, die in mir brodeln, scheinen ihre Nerven anzugreifen.«

Ich drückte die Tür auf, trat über die Schwelle in den kühlen, trockenen Keller und schaltete das Licht an. Minka huschte an mir vorbei, und DeBrett folgte ihr.

Dann passierte etwas mehr als Unheimliches.

Minka sträubte sich das Fell, ihre Schnurrhaare zitterten, und ihre Augen schienen Funken zu sprühen. Ihrer Kehle entrang sich ein tiefes, furchterregendes Brummen, das in ein ohrenbetäubendes Kreischen überging.

Gleichzeitig aber hielt das tiefe Brummen an, erfüllte den ganzen Keller, schien mir den Magen zusammenzudrücken und die Luft zu nehmen.

Dann kam das Krachen.

Ich wurde gegen DeBrett geschleudert, das Licht erlosch, die Tür schlug zu, und wir stürzten gemeinsam zu Boden.

So schnell, wie es gekommen war, war es auch schon wieder vorüber.

»Ein Erdstoß, nicht besonders heftig, aber schon recht eindrucksvoll. Liegen Sie bequem, Rhea?«

Die Wut war aus DeBretts Stimme verschwunden; nun klang er nur noch zynisch.

»Nein, nicht besonders«, antwortete ich, obwohl das, objektiv betrachtet, nicht ganz korrekt war. Ich lag, höchst komfortabel an seine Brust geschmiegt, in seinen Armen, aber ich mußte ja meine Würde wahren, also rappelte ich mich wieder auf.

»Ich hoffe, Sie haben sich bei dem Sturz nicht weh getan.«

»Nicht sonderlich, hier liegt etwas Weiches auf dem Boden.«

»Oh, die Folien. Dann haben Sie Glück gehabt. Meine Güte, ist das finster hier. Ich hoffe, es ist nicht im ganzen Haus der Strom ausgefallen.«

Ich tastete mich zum Lichtschalter, aber nichts geschah, als ich ihn betätigte. Also zog ich an der Tür.

Ein vollkommen hoffnungsloses Unterfangen. Durch den Erdstoß hatte sich offensichtlich der Rahmen verzogen. Minka strich mir, nun wieder in normaler Tonlage maunzend, um die Beine. Immerhin verstand ich nun, was ihr ungewöhnliches Verhalten zu bedeuten hatte.

»Wir sind fürs erste eingesperrt, scheint mir.«

»Was für ein erfreulicher Umstand. Haben Sie hier unten vielleicht noch eine alte Petroleumlampe?«

»Nein, ich ... Oh, doch. Wir haben die Kiste mit den Kerzen für die Weihnachtsdekoration hier unten abgestellt. Ich werde versuchen, sie zu finden.«

»Vielleicht hilft das ja dabei!«

Ein Flämmchen leuchtete auf, und ein Streichholz warf sein flackerndes Licht auf DeBretts Gesicht. Verdammt, warum mußte er mich denn für die Urheberin dieser widerwärtigen Reportage über ihn halten? Er sah hinreißend und richtig verwegen aus in dieser Beleuchtung. Ich habe eine Vorliebe für verwegene Männer.

»Viele habe ich nicht mehr davon, also machen Sie sich auf die Suche!« herrschte er mich an.

Zwei weitere Streichhölzchen brannten noch ab, dann hatte ich die Kiste gefunden. Das vierte Hölzchen zündete die dicken roten Adventskerzen an. Wir betrachteten schweigend den Raum. Das Beben hatte keinen nennenswerten Schaden angerichtet, die Fundamente des Klosters waren solide und fest gemauert. Es mochte schon mehrere solcher kleinen Rütteleien überstanden haben, wie sie in dieser Gegend hin und wieder auftraten.

»Dummerweise habe ich mein Mobiltelefon im Auto

liegen lassen. Haben Sie zufällig Ihr Handy dabei, Rhea?«

»Es liegt oben in meiner Handtasche.«

Er nickte, als hätte er nichts anderes von mir erwartet.

»Erika wird um die Mittagszeit zurückkommen und sich fragen, wo ich bin, zumal, wenn sie Ihren Wagen auf dem Parkplatz sieht«, versuchte ich uns Mut zu machen, aber so ganz konnte ich mir selbst nicht glauben. Wenn Erika den Wagen sah, würde sie auf dem Absatz wieder umkehren. Möglicherweise würden Leonie, Kyra oder Anselm im Laufe des Tages in meiner Werkstatt vorbeischauen. Wir mußten dann nur um Hilfe rufen.

»Dann vertreiben wir uns die Zeit damit, daß Sie mir zeigen, was Sie mit meinen Bildern angerichtet haben!«

Die Boshaftigkeit war in seine Stimme zurückgekehrt.

»Gerne, Herr DeBrett. Ich denke, Sie werden zufrieden sein.«

Ich war trotz allem noch immer stolz auf meine Arbeit. Die Bilder gefielen mir, inspirierten mich zu besonders ausgefallenen Rahmen, die Bezug auf die Aussage und Gestaltung nahmen. Ich wickelte also beim goldenen Schein der Kerzen das erste aus. Es war eine Vision aus Grau, Gold und Blau, in der irgendwo eine ganz realistische weiße Lilie erschien. In den Rahmen hatte ich dieses Motiv sehr vorsichtig und sparsam eingearbeitet. Ich bemerkte, wie mein Begleiter beim Betrachten seine Wut verlor. Er ließ sich auf die Knie nieder und fuhr vorsichtig mit der Fingerspitze die zarte Schnitzerei nach, die ich angefertigt hatte.

Minka war zu uns gekommen und drängte sich an

ihn. Mit der verbundenen Pfote tippte sie ganz leicht auf einen grauen Fleck unten am Bild, unter dem Blau. DeBrett wollte ihr in einem ersten Reflex auf die Pfote schlagen, doch er brachte es nicht über sich, die verletzte Tatze zu berühren.

»Nicht, Minka«, mahnte er statt dessen sanft.

»Brrrrrr!« antwortete Minka und rieb ihren Kopf an seinem Bein.

Er streichelte sie, und das Schnurren wurde lauter.

»Sie ist plötzlich sehr zutraulich«, sagte er und schaute zu mir hoch. Kurz flackerte ein wunderliches Gefühl in mir auf, ihn so zu meinen Füßen knien zu sehen.

»Gewöhnlich ist sie unsere beste Verkäuferin. Sie wickelt alle Kunden um ihre Pfoten.«

»Das kann ich mir lebhaft vorstellen.« Er nickte und wandte sich wieder der Katze zu. »Du wolltest uns vorhin warnen, Minka, nicht wahr? Entschuldige, ich habe dich falsch eingeschätzt. Du bist wirklich ein liebes Geschöpf!«

»Ja, ich glaube, ihr ungewöhnliches Verhalten bedeutete eine Warnung. Tiere spüren die Schwingungen der Erde deutlicher als wir.«

»Meine geschiedene Frau hatte eine Katze. Nun ja, sie war unbeschreiblich schön – und unbeschreiblich dumm. Sie nannte sie Engelchen. Eine weiße Perserin. Die Katze, nicht meine Frau.«

»Katzen sind nie dumm. Allerdings sind weiße, hochgezüchtete Tiere manchmal taub.«

»Ja, das würde manches erklären. Seit sie fort ist, lungert in meinem Garten ein schwarzer Kater herum. Ich habe ihn Hadubrant genannt, und er scheint mich irgendwie zu mögen. Ich habe leider nur so wenig Zeit, mich um ihn zu kümmern. Aber wann immer ich zu Hause bin, stelle ich ihm etwas Futter nach draußen.«

»Ich habe Minka in einer Pizzaschachtel im Müll gefunden.«

»Die Ärmste. Jetzt hat sie es aber wohl ganz gut, nicht wahr? Was hat sie mit der Pfote gemacht?«

»Sie ist gestern in eine Scherbe getreten, draußen, im Garten. Darum war ich auch nicht hier, als der Reporter kam. Sie mußte zur Tierärztin.«

Alexander DeBrett streichelte Minka weiter, die sich schnurrend vor ihm auf dem Boden räkelte.

»Habe ich mich auch in deinem Frauchen geirrt, Minka?«

»Möglicherweise.«

Er sah mich an und schüttelte etwas zerknirscht den Kopf. »Jemand, der so einfühlsam meinen schlichten Malereien zu Glanz verhilft, würde mir wohl schwerlich unverdaute Schuldgefühle und manisch depressive Wutanfälle bescheinigen.«

»Nein, das würde ich nie.«

»Wer hat mit dem Reporter gesprochen? Ihre Partnerin?«

Ich nickte.

»Werfen Sie sie raus.«

»Wenn das so einfach wäre. Immerhin betreiben wir diese Galerie gemeinsam, und ich bin auf den Verdienst angewiesen.«

Alexander DeBrett ging nicht weiter darauf ein, sondern löste die Folie von dem nächsten Rahmen. Es war ein wildbewegtes Bild aus schwarzen und grauen Farbflächen, in denen flammendes Rot aufloderte. Es strahlte Trauer und Schmerz aus. Dennoch lag in dem halb verschleierten Frauengesicht, das als einziges wirklich gegenständlich dargestellt wurde, auch eine tiefe Ruhe. Aus irgendeinem Grund, den ich selbst nicht verstand, hatte ich den Rahmen mit einem Motiv aus dornigen Ranken umgeben.

»Sie haben eine Pietà daraus gemacht, Rhea. Ich wußte gar nicht, daß man das darin sehen kann. Es ... war eines dieser Bilder, die mich im Traum verfolgten. Nie sah ich es deutlich, immer nur Farbe, verschwimmend, wie ein extrem Kurzsichtiger. Aber irgendein Detail wurde, als ich es dann auf die Leinwand zu bannen versuchte, immer deutlich. Hier war es dieses verhüllte Haupt. Ja, es ist eine Pietà.«

»So, wie das Lilienbild eine Verkündigung ist. Sagen Sie mal, Herr DeBrett ...«

»Nennen Sie mich Alex.«

»Gerne. Sagen Sie, Alex, sind Sie ein sehr gläubiger Mensch?«

»In meinem Job?«

»Oder haben Sie in der letzten Zeit viele Kirchen oder Museen besucht?«

»In meinem Job?«

Wir lachten beide. Dann meinte er: »Zeigen Sie mir, wie Sie die anderen Bilder interpretiert haben. Rhea, Sie haben eine unersättliche Neugier in mir geweckt.«

Wir betrachteten ein frühlingsgrünes Bild mit bräunlichen und zart rosafarbenen Flächen, in dem außer ein paar Gräsern nichts deutlich hervortrat. Ich hatte die Rispen als Motiv wiederholt, und so war es ein heiteres, aber nicht besonders tiefgründiges Werk geworden. Doch hier im flackernden Kerzenlicht wollte mir scheinen, daß sich mehr dahinter verbarg.

»Es ist dasjenige, das mir immer am rätselhaftesten geblieben ist …«

»So empfand ich es auch, aber nun sehe ich irgendwie schemenhaft drei Gestalten darauf.«

Minka meldete sich wieder zu Wort und tupfte auf den grauen Fleck in der Mitte des rechten Randes.

»Scheint's vier Gestalten. Diese Katze hat Kunstverstand!«

»Diese Katze scheint gerade den Verstand verloren zu haben. Minka, was machst du denn da?«

Minka war im Dunkeln verschwunden, ich hörte sie jedoch an etwas scharren. Vermutlich hatte sie ein Geschäft zu verrichten.

Wir enthüllten das vierte und größte Gemälde – eine Orgie in Blau, Ocker und Gelb. Das Nachtblau bestimmte den äußeren Teil, die Mitte wurde dann heller und heller; es sah aus, als ob ein Lagerfeuer in der Nacht hervorleuchtete. Einzig oben in der Mitte war ein goldener Stern mit einem Schweif zu sehen. Sterne hatte ich auch in den Rahmen eingearbeitet.

»Bethlehem!« sagte Alex überrascht.

»Eine umwerfende Darstellung.«

»Finden Sie?«

»Sie nicht auch?«

»Doch. Rhea, was ist da mit mir passiert? Ich habe bis vor einem Jahr nicht gewußt, daß ich überhaupt in der Lage bin, mehr als kleine grinsende Strichmännchen während eines Telefonates auf einen Notizblock zu kritzeln. Dann jedoch hatte ich plötzlich diese Träume und verspürte einen geradezu überwältigenden Drang, Farben auf eine Leinwand zu bringen. Ich habe keine Kenntnis der Technik, ich habe kein Studium der Perspektive oder der Farbenlehre hinter mir. Es war wie ein Rausch ...«

»Mau!« sagte Minka.

»Seit einem Jahr malen Sie erst?«

Minka schnurrte ihn an, und plötzlich mußte ich lächeln.

»Vor einem Jahr kam Minka zu mir. Ich hatte vorher keine eigene Katze.«

»Mau! Mau!«

»Sagen Sie mal, Rhea, will uns Ihre Minka noch irgend etwas mitteilen? Ich bin inzwischen ziemlich hellhörig geworden, was dieses Tier anbelangt.«

»Sie kann sich ausgezeichnet verständlich machen, wenn sie raus will oder Futter haben möchte. Und das Erdbeben ... Minka, was hast du?«

Minka hüpfte hinkend zu dem Regal, an dem sie schon zuvor gekratzt und gescharrt hatte. Diesmal folgten wir ihr.

Ich hatte das einfache Holzgestell nie besonders beachtet. Es stapelten sich ein paar Passepartouts darauf sowie ein Bündel dünner Leisten und etwas Handwerkszeug, das ich hier verstaut hatte. Minka aber interessierte sich für etwas anderes. Sie schlüpfte hinter das Regal und kratzte an der Wand.

Alex kam mit einer Kerze näher und meinte: »Es scheint sich eine Tür dahinter zu verbergen. Will uns Minka vielleicht einen Weg nach draußen zeigen?«

»Kluges Kätzchen!« lobte ich sie und räumte die Pappen und Leisten von den Brettern. »Rücken wir mal das Regal zur Seite! Sehr schwer scheint es nicht zu sein.«

Gemeinsam hatten wir es schnell verschoben, und tatsächlich befand sich eine Eichentür dahinter, die jener glich, die uns nun verschlossen war. Alex schob den schweren Riegel zur Seite, der quietschend protestierte, dann jedoch nachgab. Nach einigem Zerren ließ sich auch die Tür öffnen.

»Nehmen Sie eine Kerze mit, Rhea.«

Minka sprang zwischen uns in den kühlen Raum, der hinter der Tür lag. Sie wirbelte Staub auf und nieste empört. Der Raum wies keine Fenster auf und war beinahe völlig leer, bis auf fünf Holzverschläge.

»Nutzen Sie diesen Keller auch als Lagerraum?«

»Nein, ich wußte nicht einmal etwas von seiner Existenz. Da gibt es noch eine Tür. Alex, wenn mich nicht alles täuscht, müßten wir uns hier neben dem Klostergarten befinden, und da gibt es eine alte Treppe. Vielleicht …«

»Hatten Sie eben nicht eine Zange von dem Regal genommen«, unterbrach er meinen Enthusiasmus.

»Ja, aber … Was haben Sie vor?«

»Ich möchte wissen, was in diesen Kisten ist.«

Ich ging mit meiner Kerze näher heran und betrachtete sie. Eine seltsame Erregung packte mich.

»Wenn sie mich fragen, befinden sich da Bilder drin. Und zwar der Verpackung nach sehr alte Bilder.«

»In einem Kloster nicht unerwartet. Wann wurde das Kloster aufgelöst?«

»In der Zeit der französischen Herrschaft, wie viele andere kirchlichen Güter.« Ich erinnerte mich, was Anselm mir neulich erzählt hatte, der sich mehr als die anderen für die Geschichte des Ordens interessierte, dem das Kloster gehört hatte. In den Annalen war ein Bruder Anselm erwähnt, was ihn besonders faszinierte. Dieser Mönch habe im siebzehnten Jahrhundert gelebt und für die Kirche einen dreiflügeligen Altar und zwei Tafelbilder gemalt. Die Gemälde galten als verschollen. Ich erwähnte das nun Alex gegenüber, der sich sogleich umdrehte und die Werkzeuge holte.

Minka verhielt sich jetzt wieder völlig anders. Sehr ruhig, fast wie ein Standbild, saß sie in kurzer Entfernung der schmalen Kisten und signalisierte mit den Ohren höchste Aufmerksamkeit.

Alex war sehr geschickt darin, die hölzernen Bretter zu lösen, und als das letzte fiel, standen wir beide stumm vor Staunen davor.

»Heilige Mutter Gottes!« entfuhr es mir dann doch.

»Wahrhaftig, die Mutter Gottes und Gabriel mit der Lilie. Die Verkündigung!«

Ich begann zu zittern, und Alex legte mir den Arm um die Schulter.

»Das also habe ich im Traum gesehen. Können Wunder geschehen?«

»Es scheint so. Dieses Bild ist ein Meisterwerk. Das hat nicht irgendein Mönch gemalt. Gibt es eine Signatur?«

Vorsichtig näherten wir uns mit den Kerzen dem Bild. Bei der genauen Untersuchung mußte ich plötzlich auflachen.

»Unter Marias Mantel schaut eine kleine graue Katze hervor!«

»Mau!« bestätigte Minka.

»Und genau an der Stelle habe ich einen grauen Fleck gemalt. Es gibt tatsächlich Wunder!« stellte Alex nüchtern fest. »Und wenn mich nicht alles täuscht, dann hat der Maler hier mit Anselm gezeichnet. Das Signum kommt mir merkwürdig bekannt vor.«

Mir auch, und ich brauchte nur wenige Sekunden, um festzustellen, daß wir hier auf einen unbezahlbaren Schatz gestoßen waren. Bruder Anselm war, bevor er sich ins Kloster zurückzog, ein bekannter Maler gewesen, dessen Werke heute in den großen Museen hingen. Meister Anselms Gemälde »Die Himmelfahrt Mariens« gehörte zu den schönsten seiner Zeit.

Sehr vorsichtig schoben wir das Gemälde zur Seite und nahmen uns das nächste vor. Nachdem wir die Holzverschalung abgelöst hatten, standen wir gebannt vor dem frühlingsgrünen Bild.

»Anna selbdritt! Jetzt verstehe ich, was ich malte.«

»Angeblich war es das Mittelteil des Triptychons, das er für den Marienaltar gemalt hat. Bruder Anselm muß Katzen geliebt haben. Der Junge spielt hier mit einer Katze.«

»Mau!« bejahte Minka.

Wir fanden die dramatische Pietà und die große, überwältigende Krippenszene. Jeweils maunzte Minka erfreut auf, wenn wir die Katze entdeckten. Und wir fanden das, was in Alex' Interpretation mein Lieblingsgemälde war. Die sanfte Madonna im Rosenhag. In ihren Armen jedoch hielt sie nicht das Menschenkind, sondern ein kleines grauschwarzes Kätzchen.

»Barmherzige Mutter!« hauchte Alex, und mir strömten die Tränen aus den Augen.

Er nahm mich in die Arme und küßte sie zärtlich fort. Eine lange Zeit standen wir so versunken zusammen, dann allerdings rissen uns Rufe aus unserer Zweisamkeit.

»Leonie und Kyra vermissen mich offensichtlich. Ich werde versuchen, ihnen zu antworten«, sagte ich und machte mich los.

Die dicke Tür dämpfte die Geräusche, aber die beiden jungen Frauen errieten schnell, was passiert war, und versprachen, Hilfe zu holen.

Doch wie sich zeigte, war es nicht mehr notwendig. Alex hatte mit den Werkzeugen den Riegel der dritten Tür entfernt. Graues Tageslicht erhellte den alten Lagerraum. Eine Treppe führte, wie erwartet, in den Klostergarten. Wir stiegen sie hinauf, Minka voran. Zielstrebig eilte sie zu dem Rosenbeet, das nun mit Reisig abgedeckt war. Dort begann sie wie eine Wilde zu scharren und zu kratzen, bis ihr der Verband von der Pfote rutschte. Ich nahm sie hoch, aber sie zappelte unwillig in meinen Armen. Alex bückte sich jedoch und führte mit bloßen Händen ihr Werk fort. Sie wurde ruhig und maunzte nur leise.

Ein sorgfältig bearbeiteter Stein kam zum Vorschein. Darauf stand in schmuckloser Schrift: »Minka«. Darunter die schönste Zeile aus dem Hohenlied: »Denn stärker als der Tod ist die Liebe.« Eingegraben in den Stein war die Gestalt einer ruhenden Katze.

»Hier ruht die kleine graue Katze, möchte ich wetten, deren Abbild wir soeben auf fünf Gemälden gefunden haben«, erklärte Alex mit bewegter Stimme.

Minka schnurrte zufrieden in meinen Armen.

Kyra und Leonie gesellten sich zu uns, und auch Anselm traf ein. Atemlos lauschten sie der Erzählung dessen, was wir entdeckt hatten.

»Wir werden die Bilder der Stiftung übergeben müssen, fürchte ich«, schloß ich dann.

Alex schüttelte den Kopf und meinte: »Vermutlich ja, aber vorher, meine Liebe, wirst du sie ausstellen. Ich kenne ein paar Medienleute, die deiner Weihnachtsausstellung zu einer ungeahnten Publicity verhelfen werden.«

Die Kreuzgang-Galerie konnte sich wahrhaftig nicht beklagen. Die Besucher drängelten sich geradezu durch die Räume. Die Stiftung war so erfreut über den Fund, daß sie die Kosten für die Sicherheitsmaßnahmen kommentarlos übernahm. Besondere Aufmerksamkeit zogen auch Alex' Bilder, die Visionen der Originale, auf sich. Das Schmuckstück der Ausstellung bekam seinen eigenen Raum, und seltsamerweise herrschte hier immer andächtige Stille.

Die Maria mit dem Katzenkind hing, von goldenem Licht bestrahlt, in der Nische eines Rundbogens. Minkas Körbchen stand darunter. Sehr hoheitsvoll erntete sie ihren Teil der Bewunderung.

Abends hingegen besuchte sie mit mir zusammen häufig Hadubrant, den schwarzen Kater, der Einzug bei Alex gehalten hat. Mit großer Innigkeit hat sie ihm gleich bei der ersten Begegnung das zerfranste Ohr geputzt. Er aber hatte ihr mit seiner rauhen rosigen Zunge das M auf der Stirn zärtlich gebürstet.

# Ein unerwartetes Weihnachtsgeschenk

Wir hatten einen harmonischen Weihnachtsabend – gutes Essen, nette Freunde, anregende Gespräche und liebevoll ausgewählte Geschenke. Nichts Aufwendiges, nichts Teures, aber mit Liebe und Verständnis ausgesuchte Kleinigkeiten.

Es war ein gutes Jahr, auf das wir zurückschauen konnten – für mich eines der erfolgreichsten überhaupt. Ich hatte die Ziele erreicht, die ich mir vor langer Zeit gesteckt hatte, und nun hatten sich weitere Türen geöffnet. Die Hindernisse der Vergangenheit waren bewältigt, die Zukunft barg vielleicht neue – sie barg aber auch neue Wunder.

Diese Wunder zu sehen hatte ich inzwischen gelernt.

Mein Mann war schon zu Bett gegangen, ich räumte noch die Teller und Gläser in die Küche. Mehr Ordnung zu schaffen hatte ich keine Lust. Mitternacht war vorüber, und ich wollte nur noch nach Hexchen schauen, die sich den ganzen Abend nicht hatte blicken lassen. Eigentlich aalte sich diese Katze ansonsten in der Aufmerksamkeit der Menschen. Sie liebte es, im Mittelpunkt zu stehen, und bisher hatte noch jeder unserer Besucher den angemessenen Kniefall vor ihr gemacht, wenn sie ihm zur Begrüßung mit erhobenem Schwanz über den Teppich entgegenschritt. Hexchen sah sich als die Herrin des Hauses, und ich mochte ihr nicht widersprechen.

Einer unserer heutigen Gäste aber mochte keine Katzen, und Hexchen schätzte diesen Gast nicht besonders. Also hatte sie sich wohl an einem ihrer Lieblingsplätze verkrochen – in meinem Bett, im Wäschekorb, hinter dem zehnbändigen Brockhaus oder auf dem Kleiderschrank. Ich schaute an allen mir bekannten Stellen nach, rief sie leise, bekam aber keine Antwort – was mich recht verwunderte. Hexchen war eine Plapperkatze. Ständig wußte sie etwas in ihrem Katzenkauderwelsch zu berichten, ich gab ihr in meinem Menschenkauderwelsch Antwort, und meist verstanden wir uns prächtig.

Als ich das ganze Haus abgesucht hatte, begann ich mir ernsthafte Sorgen zu machen. Sollte die Kleine irgendwann aus der Haustür geschlüpft sein, als die Gäste eintrafen? Nein – einmal hatte ich sie im Laufe das Abends in die Küche schleichen sehen. Ein Kontrollblick zeigte mir, daß der Futternapf leer war. Also war sie bei der Verabschiedung ins Freie gehuscht, ohne daß wir es bemerkt hatten?

Ich öffnete die Haustür und rief leise nach ihr.

Die dunkle, eiskalte Nacht blieb stumm.

Vielleicht war sie im Garten? Aber auch mein Rufen an der Terrassentür blieb ohne Antwort. Ein verdächtiges Rascheln kam allerdings aus der Hecke. Möglicherweise war sie dort in sanitären Angelegenheiten unterwegs.

Also gut, von zu Bett gehen erst einmal keine Rede mehr. Ich stellte die Terrassentür einen kleinen Spalt auf, wickelte mich in eine Decke, blätterte in einem der Bücher, die ich geschenkt bekommen hatte, und wartete auf meine Katze. Irgendwann würde es ihr sicher zu kalt werden. Die Temperaturen waren bis auf den Gefrierpunkt gefallen, und Kälte liebte dieses Zimmertigerchen überhaupt nicht.

Kaum eine Viertelstunde später maunzte es am Fenster. Hexchen trat in ihrer unnachahmlich hoheitsvollen Art ein, hüpfte auf den Sofatisch und legte sehr sorgsam eine leblose Maus auf ein Stück goldenes Geschenkpapier.

Ich war sprachlos.

Nicht, weil ich mich vor toten Mäusen ekelte, sondern weil Hexchen gewöhnlich keine Mäuse fing. Sie täte es schon gerne, aber sie konnte es nicht. Das arme Tier hatte von Geburt an einen etwas deformierten Kiefer und besaß nur noch zwei der oberen Reißzähne. Ich schloß die Tür und streichelte die rotbraune Katze voll des Lobes.

»Hast du die extra für mich gefangen, Hexchen? Das ist aber ein ganz besonders wertvolles Geschenk.«

Grüne, wunderbar abgründige Augen sahen mich an, und es funkelte so etwas wie ein Lächeln darin.

»Nur ein kleines Dankeschön!« sagte sie mit leicht gurrender Stimme.

Ich prallte förmlich zurück. Hatte ich zuviel Wein getrunken? Oder befand ich mich in einem verrückten Traum?

»Nicht erschrecken, Menschenfreundin. Setz dich wieder hin. Ich erkläre dir das.«

Akustische Halluzinationen?

Ganz vorsichtig nahm ich auf der Sofakante Platz. Hexchen kam auf das Polster gesprungen und schmiegte sich an meine Seite.

»Mir ist im Garten ein bißchen kalt geworden. Nimmst du mich auf den Schoß?«

»Ja ... Ja, gerne.«

Ich lehnte mich etwas bequemer zurück und ließ sie auf meine Beine krabbeln. Sie rollte sich zusammen und sah zu mir hoch.

»So ist es schön«, schnurrte sie und legte mir ihre kalten Pfötchen in die Hand. Eigentlich verhielt sie sich wie immer. Warum konnte sie nur plötzlich sprechen?

»Ein kleines Geschenk«, antwortete sie, als hätte sie meine Gedanken gelesen. »Heute nacht und nur für eine kurze Weile ist es möglich. Nimm es an, Menschenfreundin. Es wird auch nicht jedem gegeben.«

Es war, wenn ich es recht betrachtete, einfach bezaubernd, gleichgültig, ob es nun eine Sache des schleichenden Irrsinns oder nur ein lebhafter Tagtraum war.

»Danke, Hexchen. Aber warum?«

Die Katze zwinkerte mir zu. »Nun ja, zum einen, weil du so gut erzogen bist.«

»Bin ich das?«

»Ja, kann man sagen. Andere Katzen haben mehr Schwierigkeiten mit ihren Menschen. Du bist pünktlich und ordentlich, und ich weiß einen gut gefüllten Futternapf zu festen Zeiten wirklich zu schätzen.«

»Und die gelegentlichen Leckerchen auch, nicht wahr?«

»Mhhhh!« Hexchen leckte sich die Lippen. »Darüber könnten wir weitere Vereinbarungen treffen, wenn du es schon ansprichst. Gelegentlich ist gelegentlich zuwenig.«

Um mir das mitzuteilen, hätte es der menschlichen Sprache nicht bedurft.

»Ich glaube, Leckerchen am Samstag und Sonntag sollten reichen. Du willst doch nicht so eine dicke Wurst werden wie Nachbars Mucki?«

»Nein, hast du auch wieder recht.« Sie fuhr sich mit der Zunge über das weiche Bauchfell und blickte mich dann wieder an. »Ich bin doch nicht zu dick, oder?«

»Nein, du hast einen wundervollen, genau in dein Fell passenden kleinen Bauch. Und ich finde es sehr freundlich, daß ich ihn inzwischen manchmal streicheln darf.«

»Klar darfst du das. Ich muß mich entschuldigen. Damals, als ich zu dir gekommen bin, hatte ich gerade ein schreckliches Erlebnis hinter mir.«

»Die Operation?«

»Ja, sie haben mir furchtbar weh getan dabei. Ich wäre beinahe gestorben, und ich wollte auch sterben, damals in diesem engen Käfig im Tierheim.«

Ich erinnerte mich nur zu gut daran. In der Nacht zuvor hatte ich von einer Katze geträumt, die mich auf eine ganz intensive Art gerufen hatte. Es war sehr bewegend, und am nächsten Tag stand ich, kaum daß das Tierheim seine Pforten geöffnet hatte, schon vor der Tür und bettelte um Einlaß. Etliche arme Tiere warteten auf ein neues Heim, doch zu keiner der in dem Gehege herumlaufenden Katzen stellte sich die erwartete gegenseitige Affinität ein. Ich zieh mich selbst eines reichlich absurden Verhaltens, weil ich mich von einem Traum hatte leiten lassen. Eine Katze ist eben doch nur ein Tier.

Unschlüssig stand ich herum und streichelte jene, die sich streicheln lassen wollten. Bis schließlich die Betreuerin leicht verunsichert vorschlug: »Wir haben da noch so einen Problemfall, aber ich weiß nicht ...«

»Was für ein Problem hat sie denn?«

»Ihre Vorbesitzer klagten, sie sei unsauber und niese ständig. Das können wir hier zwar nicht bestätigen, aber sie verweigert seit Tagen das Futter.«

Eine Vorahnung beschlich mich.

»Ich möchte sie kennenlernen.«

»Dann sehen sie sich Hexe mal an«, meinte die Betreuerin.

Man führte mich zu den Käfigen. Mein erster Eindruck von dem Tierchen lautete: »Eine häßliche Katze!« Mein zweiter: »Aber das ist sie.«

Sie war entsetzlich mager, ihr Mäulchen etwas schief, weil einer der unteren Reißzähne vorstand und ihrem großäugigen Gesicht einen äußerst grimmigen Ausdruck verlieh. Ihre Nase wirkte wie eingedrückt und war ein wenig entzündet. Dafür hatte sie aber in ihrem seidigen, braungetigerten Fell einige delikate rote Akzente und ein cremefarbenes Pfötchen.

»Du hast erst ziemlich entsetzt ausgesehen, Menschenfreundin. Ich bin keine Schönheit. Ich weiß es.«

»Hexchen, du bist die schönste Katze, die ich kenne.« Ich streichelte sie zärtlich, denn ich meinte es wirklich ernst.

»Ich war so froh, daß du mich mitgenommen hast. Ich hatte schon jede Hoffnung aufgegeben.«

»Ich weiß, kleine Freundin.«

»Obwohl du anfangs ein paar Fehler gemacht hast.«

»Auch das weiß ich. Du hast mir ja deutlich genug zu verstehen gegeben, daß du keinen Fisch magst, das Halsband ablehnst, das Katzenklo an der falschen Stelle stand …«

Hexchen kicherte. »War wohl ziemlich drastisch, als ich dir in den Korb mit frisch gebügelten Hemden gepinkelt habe, nicht wahr?«

»Das war eine Schweinerei!«

Sie drückte ihren Kopf in meine Hand und drehte ihn hin und her.

»Ist aber jetzt vergessen. Auch die grobe Verunreinigung meiner Reisetasche, als wir in Urlaub fahren wollten. Und die zerfetzten Gardinen, als wir nicht verstanden, daß du nach draußen wolltest.«

»Ach ja, das Leben im Freien. Ja, dafür bin ich dir auch dankbar.«

»Wirklich? Trotz der Kratzer und Bisse, der Zecken und Flöhe, die du dir dabei eingefangen hast?«

»Als du mich zu dir nahmst, war ich schon ein Jahr alt und hatte noch nie eine Wiese gesehen. Man hat mich von meiner Mutter viel zu früh weggeholt, sie hatte mir nichts Ordentliches beibringen können. Diese Mühe hast du auf dich genommen. Du hast es gut gemacht, für einen Menschen jedenfalls. Ich habe deine Geduld dabei manchmal strapaziert, nicht wahr?«

»Meine Geduld, meine Stiefmütterchen, meine Arme und Beine …«

»Na, ich mußte doch Kämpfen üben!«

»Hinterrücks angefallen hast du mich!«

»Mit Wasser hast du mich bespritzt!«

»Pah, in den Teich bist du selbst gefallen!«

»Und du hast gelacht, als ich mit den Wasserlinsen zwischen den Ohren aufgetaucht bin. Das war richtig gemein.«

»Dabei habe ich größte Anstrengungen unternommen, eine ernste Miene zu wahren.«

»Ist dir aber nicht gelungen.«

»Der Blick aus deinen grünen Augen hat mir fast das Fleisch von den Knochen gebrannt. Laserstrahlen sind nichts dagegen, wenn du wütend bist.«

Hexchen war nun nicht mehr wütend, sondern nur sehr sanft.

»Ich habe mich im Revier ganz gut arrangiert.«

»Du hast deine Grenzen ordentlich gezogen, und ich habe oft beobachtet, wie du Eindringlinge lediglich mit der Macht deiner Persönlichkeit vertrieben hast. Wie machst du das, Hexchen?«

»Wie nennst du mich?«

Verwundert wiederholte ich: »Hexchen!«

»Eben.«

»Oh, darum. Ja, unsichtbar machen kannst du dich auch. Oder kennst du nur Dutzende von Verstecken?«

Sie kicherte.

»Ich habe die Befürchtung, du hältst uns manchmal gerne ein wenig zum Narren, wenn wir dich suchen.«

»Nur ganz selten.«

»Und komischerweise immer dann, wenn wir es eilig haben.«

»Oder ihr mich zur Tierärztin zerren wollt.«

»Das magst du nicht, dabei bist du ein paarmal sehr krank gewesen.«

»Ich weiß. Meine Nase.«

»Ja, deine Schnoddernase.«

»Ich habe aber ohne Protest die Medikamente genommen!«

»Du hast doch gar nicht gemerkt, was ich in deine Lieblingspaste gemischt habe.«

»Wenn du meinst!«

»Gut, dann habe ich dich mal wieder unterschätzt, was?«

»Tust du ja nicht oft. Und als mich diese aggressive Straßenkatze gebissen hat, war ich sogar ganz dankbar, daß du mich hast verarzten lassen.«

»Es war auch ziemlich furchtbar für mich, Hexchen. Ein verletztes Tier, das sich nicht mehr auf den Pfoten halten kann, ist ein schrecklicher Anblick. Ein Mensch fühlt sich da sehr hilflos.«

Sanft strich sie mir mit dem rechten Pfötchen über die Hand.

»Du wirst mir nicht immer helfen können, große Freundin. Ich bin alt geworden, und mein Leben wird weit kürzer sein als deines.«

Tiefe Traurigkeit überkam mich plötzlich.

»Hexchen, sprichst du heute nacht mit mir, weil du mir sagen willst, daß du mich bald verlassen wirst?«

»Nein, meine Freundin. Ich spreche jetzt mit dir, weil das Jahr sich wendet, der Mond sich gerundet hat und der Katzenstern in Konjunktion zur Venus steht. Es ist eine magische Nacht, wie sie nur selten vorkommt. Meist verschlaft ihr Menschen eine solche Gelegenheit.«

»Können sich denn heute alle Katzen verständlich machen?«

»Alle, die es wollen.«

»Aber es wollen nicht alle.«

»Nein, es wollen nicht alle.«

Ich streichelte meine Katze lange schweigend. Sie drehte mir schnurrend den Bauch zu und umfaßte mit ihren Vorderpfoten ganz vorsichtig meine Hand. Sie zog sie zu sich und nagte mit den zwei Zähnen, die sie noch besaß, liebevoll an meinen Fingern.

Dann schnurrte sie ganz leise: »Ohne dich würde ich nicht mehr leben. Ich wäre im Tierheim am Fieber gestorben, und ohne die Futternäpfe, die du immer so pünktlich auffüllst, wäre ich schon lange verhungert.« Sie leckte mit ihrer rauhen Zunge an meinem Daumen. »Ja, und dann hast du mir erlaubt, in deinem Bett zu schlafen. Ich träume schöne Träume, wenn ich in deinen Armen ruhe, meine große Freundin. Nie friere ich, nie ist das Lager hart und ungemütlich. Ich fühle mich bei dir sicher und beschützt.«

Ich fühlte, wie eine Träne über meine Wangen rann. Hexchen richtete sich auf und leckte sie sanft ab.

»Weißt du, die Maus, die ich dir mitbrachte, habe ich gefunden. Wahrscheinlich ist sie erfroren.«

»Dennoch ist sie eines der schönsten Geschenke, die ich heute bekommen habe.«

»Es ist nur eine tote Maus.«

»Möglich, aber ich habe sie von dem schönsten Geschenk der Welt erhalten. Hexchen, du magst mir vielleicht dein Leben verdanken, dir aber verdanke ich den Glauben an die Wunder des Lebens. Von jener Nacht an, als du mich im Traum zu dir gerufen hast, ist mir soviel Glück widerfahren.«

»Du siehst es so.«

»Ich sehe es so. Du hast mein Herz für viele Dinge geöffnet.«

Sie setzte sich aufrecht auf meinen Schoß. Ihre schönen, brunnentiefen Augen leuchteten, und ich versank beinahe darin.

»Darum, meine große Freundin, konntest du mich heute nacht verstehen. Die magische Stunde ist vorüber. Alles wird so sein wie zuvor.«

Ich nahm sie in meine Arme, so, wie sie es gerne mochte, und sie legte ihre Pfoten auf meine Schulter. Ein klein wenig pieksten mich ihre Krallen, als sie sich festhielt, aber das störte mich schon lange nicht mehr. Sie drückte ihren Kopf an meine Ohren und schnurrte. Mag sein, daß sie nun nicht mehr in menschlichen Lauten sprach, aber ich verstand sie mehr als deutlich.

»Ich liebe dich auch«, antwortete ich.

Dies ist eine – fast ganz – wahre Geschichte.

Hexchen hat ihr Leben acht Jahre mit mir geteilt. Sie hat mich zu unzähligen Geschichten inspiriert und mir mit ihren kätzischen Plappereien oft genug Mut zugesprochen.

Leider war sie wirklich ein Problemfall – ihr Herz war nicht sehr kräftig. Kurz vor Weihnachten 2003 ist ihr das Leben auf dieser Welt zu schwer geworden, und sie starb eines Nachts ganz unerwartet in meinen Armen.

Vergessen werde ich sie nie.